JN221983

葛原妙子と齋藤史

『朱霊』と『ひたくれなゐ』

寺島博子
Terajima Hiroko

六花書林

葛原妙子と齋藤史　＊　目次

装幀　真田幸治

葛原妙子と齋藤史

『朱霊』と『ひたくれなゐ』

はじめに

葛原妙子と齋藤史、短歌史において耀ける双眸とも言うべき光を放つ二人の歌人の生涯と作品について、さまざまな分析がなされてきた。読む人ごとに何らかの論点を得ることができるほど、その作品は奥の深さをもつ。どのような短歌作品に価値を見出すかという点について個々人の見解には隔たりがある。一つには抒情性の評価に関する相違が挙げられると思われる。基本的には私性に根差した詩型である短歌は、抒情の質を問われ、抒情の抑制が求められる詩型でもある。

今から約七十年前の戦後間もない時期に、「短歌否定論」「第二芸術論」が巻き起こり、短歌的抒情は厳しい非難の対象となった。一九四六（昭和21）年十二月から四八（昭和23）年三月にかけて全十四冊発行された短歌雑誌「八雲」は、短歌を専門とするのではない他の分野の学者や評論家の論考を積極的に掲載していった。その第十二号（四八年新年号）にて、小野十三郎は「奴隷の韻律―私と短歌―」と題する論考を書き、「特に、短歌について云えば、あの三十一字音量感の底をながれている濡れた湿っぽいでれでれした咏歎調、そういう閉塞された韻律に対する新しい世代の感性的な抵抗がなぜもっと紙背に徹して感じられないか」と批判し、「思惟方式や抒情の変革ということを自分たちの生活と結びつけて考えているものは案外少ない」と指摘した。

短歌へのこの激しい不信の言葉に対する解は容易く見つけられるものではないであろう。短歌に関わる一人ひとりに課せられた問題であり、約七十年を経た現在にあってもなお問われ続けている問題である。葛原妙子と齋藤史の作品から今日に通じる抒情の質について考えてみたい。

*

一九〇七（明治40）年生まれの妙子は史の二歳年長であり、八五（昭和60）年に七十八歳にて生涯を終えている。史が亡くなったのは二〇〇二（平成14）年であり、九十三歳の長命を得た。

ひつそりと死者の来てゐる雪の夜　熱い紅茶をいれましようね

齋藤史『風翩翻以後』「名残雪」

盲（まう）の杖おもへるときに猫などのしづけきものに日ざしは及ぶ

葛原妙子『鷹の井戸』「あまのはらとふ」

命尽きるまで歌とともに在り続け自らの老いと向き合う中で、史は自在なる境地を歌に得た。「死者」の中には近親者のみならず、過酷な側面をもつ歴史の渦に巻き込まれていった多数者も含まれていることは想像するに難くない。上の句に対して下の句に見られる口語による呼びかけの柔らかみは晩年になって開拓していった衒いのない表現である。

妙子の歌では思念が先にあって、この世に一つの景を見出す。やがて訪れるであろう肉身の衰弱に対して一抹の不安をもっていることが伝わってくる。確かに妙子の最晩年はあまりにも慌しく過ぎ去ってしまった。亡くなる四年前の八一（昭和56）年に季刊短歌誌「をがたま」を創刊して表現者として更なる深遠へと向かっていたものの、創刊から二年後には視力障害に陥り、「をがたま」は終刊となる。終刊の翌年には短歌関係の活動を中止して療養生活に入ることとなった。老いを手なずけながら創作に取り組んでいく時間は妙子には残されていなかった。

最晩年の在り方には大きな隔たりがあるものの、生涯を通してみると二人の歌境はこの上ない高みに達している。歌境を高みへと導いた志は、第一歌集『魚歌』と『橙黄』において既に明瞭な輪郭をもっていると言えよう。『魚歌』が上梓されたのは四〇（昭和15）年、史が三十一歳のときであった。『橙黄』は五〇（昭和25）年、妙子は四十三歳になっていた。発行年には十年の開きがある。この十年の間の時局の変動が歌にも影響を及ぼしている面があることは否めないが、作品からは強い信念が伝わってくる。

額（ぬか）の上に一輪の花の置かれしをわが世の事と思ひ居たりし　齋藤史『魚歌』「相」

わがうたにわれの紋章のいまだあらずたそがれのごとくかなしみきたる　葛原妙子『橙黄』「紋章」

額に置かれた「一輪の花」は、二・二六事件に関係して処刑された若い命を悼む思いの形象である。恐るべき夢とも思えるような事こそが現実なのであり、苦しみをかかえこみながら史の想念は深まりを見せてゆく。

妙子は三九（昭和14）年、三十二歳のとき潮音社友となる。年齢的には遅いスタートであった妙子は、自身の作品世界を確立していくことに並々ならぬ執念をもって臨んだのである。「紋章」以外をすべて平仮名表記にした抽出歌は、繊細にして瀟洒な佇まいを見せるがその中に妙子のわだかまりが潜んでいる。

妙子と史の作品に共通して見えてくるのは理想へと向かうことへの執着と自己を苛むことも辞さない強さである。

ミルチャ・エリアーデは『聖と俗』（風間敏夫訳　法政大学出版局　二〇〇二年刊）にて、「或る実在の起源の時」を人間が周期的に再現しようとすることに関して次のように述べている。

宗教的人間はくり返しくり返し神話の聖なる時に帰入し、〈過ぎ去ることのない〉起源の時を再発見する。〈過ぎ去ることがない〉と言う所以は、それが俗なる時間持続に関与せず、幾度でも限りなく到達することのできる永遠の現在から成り立っているからである。

「宗教的人間」とは、神聖なものに関する信仰・行事等に関わる人間、そうすることに至上の価値を置く人間と捉えることができる。宗教的儀式に限定することなく、高い精神性を伴う事を含むと考えることもできよう。

「額(ぬか)の上に」「わがうたに」の歌に表されている時空は、二人の生涯を貫き「永遠の現在」という性質を有するものだったのではないであろうか。自身の思念を手放すことがない限り、幾度でも始原の時に立ち返ることができる。「起源の時」という時空は実人生の中でも侵されることのないものであり、日常と矛盾することなく存在している。実人生を歩む中で表現者として始原の時空へと繰り返し立ち返っては、表現の高みへと上りつめてゆくのである。

表現者として挑み続けた二人であるが、歌壇にくきやかに足跡を残し始めた時期の開きは心に複雑な影を落とすこともあったと思われる。

『ひたくれなゐに生きて』（齋藤史　河出書房新社　一九九八年刊）の中で史は、佐伯裕子のインタビューに答えて、戦中戦後の短歌を巡る状況や当時の心境を振り返っている。

歌壇というところもいろいろありまして、それより後に出た方、葛原妙子さんにしても、生方たつゑさんにしても、表面に出ていない方は、隠そうと思えば戦争歌は引っ込められる。私はなまなか、珊瑚海海戦もうたわされてしまっている。あわてて隠してみたってごまかしですよね。どこか掘れば出てきます。だから隠すまいと思った。

当時を達観した口調で語っているように聞こえるが、歌人として時代の只中を生きてきたという矜持が読みとれる。そういった矜持が籠もる発言は、妙子の側からすればスタート時における埋めがたい差として感じられたのかも知れない。

七七（昭和52）年に『齋藤史全歌集』（大和書房）を刊行するにあたり、史は戦時中に詠んだ歌の数々を除くことなく収めている。「隠すまいと思った」という心情には、歴史に対峙するようにして生きてきた史の在り方が滲む。

歴史はときに、歴史そのものが強かな意志をもっているかのような仕打ちを、生身の人間にしかけてくる。歴史の冷酷な側面を目の当たりにして史は内観を深めていった。叡智のみでは説明のつかない情念の凄みも含んでいる。

妙子の心境は、五七（昭和32）年八月に創刊された季刊短歌雑誌「灰皿」収載のエッセイに知ることができる。「灰皿」創刊号には、大野誠夫、香川進、加藤克巳、葛原妙子、近藤芳美、齋藤史、鈴木幸輔、鈴木英夫、高安国世、中野菊夫、福戸国人、前田透、宮柊二、森岡貞香、山本友一の十五名が同人として名を連ねている。妙子のエッセイのタイトルは「かけす」、歌を読み独り言めいたことを口にする遠縁の青年との関わりを綴っているが、歌に対する妙子の信念を垣間見ることができる。

退屈しのぎに一冊の歌集が精神分析の対象にされてゐる様な感じは作者にとつて余り愉快ではない。少々胸苦しくさえ(ママ)なる。作品の根は、本人も気がつかない心の深い淵に棲む面妖なものたちと繫がつてい(ママ)ることがあるからだ。だが、作品となつた以上、それは輝く小世界として独立する。といふよりその無形の悪鬼に輝きを与へる技術こそ歌にたづさはる者の使命なのだ。

自身の深層に潜むものとの邂逅を果たすような面が作歌にはあるのだろう。無意識のうちに心奥に存在するものを言葉をもって捉えるところに妙子は作歌の意義を見ている。

表現に纏わる幾多の葛藤を経て二人の作品が高い到達点を示したのは、妙子の第七歌集『朱霊』、史の第八歌集『ひたくれなゐ』においてであった。作歌の始まりの年齢に差があり、最晩年の在り方にもまた差のある妙子と史であるが、ともに六十代にて上梓された『朱霊』と『ひたくれなゐ』の作品に表現者としての意識を探ってみたいと思う。

「ここすぎて」

葛原妙子と齋藤史の作品の底流にある、ものの中に美の異相を見出す感覚の鋭さ、思念への固執には圧倒的な力がある。二人の歌境が円熟を迎えたのは、一九七〇（昭和45）年刊行の妙子の第七歌集『朱霊』、七六（昭和51）年刊行の史の第八歌集『ひたくれなゐ』においてであろう。妙子が六十三歳、史が六十七歳のときであり、刊行年では妙子の六年先行となっている。『朱霊』を初めて読んだときに受けた印象を、河野裕子は『葛原妙子全歌集』（砂子屋書房 二〇〇二年刊）所収の栞文「『朱靈』に出会う」に記している。

一頁めくるごとに、そして一首一首の歌をよむごとに、心がときめいた。何か新しい世界の開示がそこには必ず用意されていて落胆するということが無かった。

妙子の作品は対象が内包しているものを外界へと解き放たせるような展開を伴い、言葉が濃密な質感をもつ。河野の「新しい世界の開示」という表現は作品の特質を読書体験から伝えていて胸に響く。

『ひたくれなゐ』へと至る道程と作品の特徴については、雨宮雅子が『齋藤史論』（雁書館　一九八七年刊）にて指摘している。

前衛にも走らず、伝統の枠にもおさまらない、地上に足をつけたシジフォス的あくがれによって、『魚歌』いらいうたいつづけてきた「象徴」の総仕上げとなったところに、齋藤史の比類ない営みがあるのだ、

雨宮は「『象徴』」という言葉をもって、史の歌業を貫き一つの到達点へと至る道筋を解き明かしている。また、史がいだき続けた「あくがれ」に、強靭な精神と揺るぎない作歌姿勢の源を見て、既成の枠にあてはまらない独自の道に齋藤史の真髄があるとしている。

『ひたくれなゐ』に収められている作品数は七百十四首である。しかし、掉尾の一連「ひたくれなゐ」五十四首は四部に分かれていて、一部から四部の最初に付されている副題とも詞書ともとれる言葉を繋げていくと、次の一首が浮かび上がってくる。

ここすぎていづこの門に至るべき背後より暮るる黄昏の橋

史は『ひたくれなゐ』（不識書院　一九七六年刊）の「あとがき」にて「昭和四十二年から、

昭和五十年のあいだの七百十五首」と記している。それは「ここすぎていづこの門に至るべき背後より暮るる黄昏の橋」を一首として数えたことによるものと思われる。己の生そのものを概観して心の内を語った「ここすぎて」以下の言葉を配したことによって、「ひたくれなゐ」の一連はより厚みを増した。

「ひたくれなゐ」の一連の歌が詠まれた当時、史が老いた母と病の夫を抱えて介護に明け暮れる状況にあったことはよく知られている。肉体の疲労が精神の疲弊を呼び込むことを何よりも恐れていたであろう。「ここすぎて」の「ここ」には苦しい日々の閉塞した状況が込められている。見通しのつかない不安が「いづこの門」という不確かな場所を指し示す。背後から忍び寄る黄昏は、人生を貫いてきた述志すら曖昧なものにしてしまいかねない。その危険を意識し続けることによってようやく意志は保たれる。

「ここすぎて」「至るべき」に示されているのは、過去から現在そして未来へと、ものの因果を含みつつ流れてゆく時間である。自身が渡ってきたことを暗示する「橋」が物語る過ぎてきた地点、現在立っている足下の「ここ」なる地点、どことも分からぬ「門」が存在する地点、これらはそれぞれ過去から現在、未来へと続く時間軸に呼応する。地点が示す空間における位置と、時点が示す時間軸における位置は、互いに呼応して史という存在を証する。「橋」「ここ」「門」の三地点は途中で寸断されることなく地続きに存在している。「いづこの門」という不確定な地点すらも、「ここ」という現在地点と切り離された場所にあるものではない。

降りしきり眼前（まなさき）くらむ雪野道　おぼつかなくて一生（よ）過ぎなむ
齋藤史『ひたくれなゐ』「ここはいづこの」

史の意識の中にまで食い込むようにして降りしきる雪のために、眼前の「雪野道」を含む空間はまことに定かではない。それはおぼつかない「一生（よ）」という時間の嵩と相関をなしている。ふと湧いてくる思いに抗うようにして思念をいだき続け、現在性を強く意識している。

目に充ちて雪降れるとき激しきときいづかたかははたとしづまりてをり
雪の空地ありとしおもふ目を張りてかつみえがたし雪の空地は
葛原妙子『朱霊』「朱」

妙子の「目に充ちて」の歌では、雪の降っている光景の確かさが、存在するか否かさえ不確かな一つの地を浮かび上がらせる。時間軸上の同じ時点において、今いる場所とは繋がりのないように感じられる別の地点の存在を不意に語っている。「雪の空地」の歌では、目を見張っても現実には見えがたいにもかかわらず、「ありとしおもふ」としてその存在を確信しているのである。確かな具象を伴う場所ではない。しかし、「ありとしおもふ」という確信こそが重きをなす。対象への固執の著しさは現か否かの区別を必ずしも重要とはしていないのである。
何に重点を置いているかを見たときに両者の意識するところを理解することができる。

ここで、『ひたくれなゐ』における「ここすぎて」の一首のような特殊な働きをする歌を『朱霊』に探ってみたい。

『朱霊』（白玉書房　一九七〇年刊）の作品数について「後記」には、「七百十六首を載せることにした」と記す。また、「目次」の頁の最後にも「自昭和三十八年七月至昭和四十五年七月七一六首」と記されている。その後、七四（昭和49）年に刊行された『葛原妙子歌集』（三一書房）の『朱霊』「後記」にてもやはり「七百十六首を載せることにした」と記されている。八五（昭和60）年九月二日、妙子は七十八歳にて生涯を閉じるが、その二年後の八七（昭和62）年に刊行された『葛原妙子全歌集』（短歌新聞社）の『朱霊』「後記」においても「七百十六首を載せることにした」とされている。


死後十七年を経た二〇〇二（平成14）年十月八日に刊行された『葛原妙子全歌集』（砂子屋書房）の『朱霊』「後記」に至って、「七百十五首を載せることにした」と記されることとなった。この年の四月二十六日には齋藤史が九十三歳にて生涯を閉じている。

『朱霊』にてはっきりと一首の形を成している作品の数は「七百十五首」なのである。『ひたくれなゐ』においては「ここすぎていづこの門に至るべき背後より暮るる黄昏の橋」を一首と見なすことができる。『朱霊』についてはどうであろうか。

『朱霊』は「西冷」「魚」「火山」「天使」「熨斗」「朱」「夕べの声」「地上・天空」の八章から成る。「天使」の章の中の「北辺」の一連の構成、作品数を具体的に見ると、「カオス」と記された後に六首、「赤天」の後に十九首、「海の明り」の後に九首、「賢者（マギ）のめざめ」の後に十二首、「鉛白行」の後に十四首が置かれていて、計六十首から成る。この中で「赤天」十九首は、「*」を挟んで前半十首、後半九首となっている。「北辺」の一連は五部構成となっているのである。五部に分けている言葉を繋げていくと、「カオス赤天海の明り賢者のめざめ鉛白行」となり合計二十五文字となる。

『朱霊』の「北辺」における「カオス赤天海の明り賢者のめざめ鉛白行」が、『ひたくれなゐ』の「ひたくれなゐ」における「ここすぎていづこの門に至るべき背後より暮るる黄昏の橋」のようには、一首として見なせると直ちに判断することは難しい。一つの可能性として挙げておくにとどめる。

『朱霊』の「夕べの声」と章題が記された頁の裏には、いにしえの貴人の一首が置かれている。

蟬のこゑきけばかなしな夏衣うすくや人のならむとおもへば　　紀友則

「蟬のこゑ」の歌が『朱霊』に果たした意味合いを考えてみたい。

尾崎まゆみは「葛原妙子ノート　『底黒い美』の窯変」(現代短歌を読む会編「葛原妙子論集」所収　二〇一五年刊)にて、「『夕べの聲』の一連は紀友則への返歌だろう」と指摘して「『うすくや人のならむとおもへば』に葛原は共感したのだろう」と述べている。尾崎の指摘からも紀友則の歌が『朱霊』に占めている重みのほどが理解される。

紀友則の「蟬のこゑきけばかなしな夏衣うすくや人のならんと思へば」は、『古今和歌集』

巻十四「恋歌四　七一五」にあり、「寛平御時きさいの宮の哥合のうた」と付されている。この歌合は宇多天皇の母后班子女王が主催したものである。紀友則の「蟬のこゑ」の歌は、『古今和歌集』の七一五番に置かれている。『朱霊』に収められている、はっきりと一首の形をとっている妙子の歌の数が七百十五首であることを考えると、〈七一五〉という数の一致に驚かされる。

友則の歌は、わが想う人が自分に対して薄情な心になるのだろうか、と儚くもやるせない思いを綴っている。「夏衣」は「うすし」の枕詞であり、羽化したばかりの蟬の羽を連想させ、あえかな響きをもった言葉である。人の心の変化は時間の経過とともにあるが、羽化したばかりの蟬の羽の儚いイメージが、相手を想いながらもどうにもならない心のたどきなさを思わせる。何をどうするという能動的な意志ではなく、人を想うやるせない心情を示すにとどまる。王朝の貴人の心の内、事に対するときの心の動きに、妙子は感覚を刺激されたのであろう。

『朱霊』の「夕べの声」の章には、「白玉」一首、「夕べの声」三十一首、「虚白」十九首、「嘆」一首、「雁の食」八首、「良夜」六首、「海辺」二首、「発光」二十九首の計九十七首が収められている。章の初めの三首を抽く。

雲南（うんなん）の白き翡翠をもてあそびたなごころ冷ゆ天日（てんじつ）は冷ゆ

葛原妙子『朱霊』「白玉」

蟬捉へられたる短き声のしてわが髪の中銀の閃く

空中にかすかなる罅（ひび）明滅す　颱風すぎしひるのかぐらく

「夕べの声」

一首目は「白き翡翠」を手のひらに弄ぶという奔放な心持の歌である。ひんやりと翡翠の冷えを感じる手のひら。冷えを知覚するとき日輪すらも冷えていると妙子は感じる。二首目の髪に感じる銀の閃き、三首目の空中の鱒の明滅も、妙子がそれと感じた瞬間の感覚を至上のものとしている。「蟬のこゑ」の切々とした心情に通じるような情感は抑制されていて、犀利に対象を捉えた感覚的表現が鮮やかな余韻を残す。

六七（昭和42）年、六八（昭和43）年の夏に詠まれた作品を『ひたくれなゐ』から抽く。

夏すこし痩せしこころに出でて買ふ盆花市の夜の桔梗を

齋藤史『ひたくれなゐ』「密呪」

こまやかに草は震へてその蔓の痩せたるは見ゆ・明日は見えぬ

「明日は見えぬ」

きらめける盛りもすぎて見渡すに夏の草おどろ・いのちのおどろ

「くだたま」

一首目、精神に疲弊を感じていたときに、花の紫が情趣を誘い心に深く沁み入るものと映ったのである。二、三首目では植物に人間と似通ったもの悲しいさまを見てとる。対象を身に引き寄せて歌い、いずれも情感の滲む作品である。

紀友則の歌に近い哀切の情が詠まれているのは、「夕べの声」の章の妙子の歌よりも、ここに抽いた史の歌であるようにも思われる。しかし、そのように速断してしまうと、「蟬のこゑ」

から触発される悲しみや「夏衣」の肌触りから導かれてくるたどきない感覚を、切なるものと捉えて表現していく妙子の応じ方を見逃してしまいかねない。史が自身の情感を見つめ尽くすのに対して、妙子は自身が対象をいかに知覚しているかを詳らかにすることに神経を注いでいる。妙子にとっては対象の或る瞬間の状態を捉えることが、人の思いに応えることになるのである。それが「夕べの声」の章の扉の裏に置いた紀友則の一首に対する妙子の応じ方なのである。

『朱霊』に収載されている妙子の歌の数は一首の形を明確にとっている歌を数えると七百十五首と考えることになるのであろう。「後記」と「目次」の頁には「七百十六首」と記されている。『ひたくれなゐ』の歌の数は「ここすぎていづこの門に至るべき背後より暮るる黄昏の橋」を一首として加えると「七百十五首」となる。加えないと七百十四首である。二つの歌集に収められている歌の数を考えるとき、『朱霊』と『ひたくれなゐ』の間に生じている均衡の美しさに思いは及ぶ。不安定な、あるいは不確定な要素を含んでいるところにも、美しい均衡は生じる。

具体的な作品を追うところから見えてくる地平がある。『朱霊』と『ひたくれなゐ』の作品に収載順に番号を振って、作品から見えてくる地平を探ってみたい。番号を付した歌は道標の役割を果たしてくれるであろう。

抽いた作品の番号は以下のように一首の下に（　　）にて記す。

目に充ちて雪降れるとき激しきときいづかたかははたとしづまりてをり

葛原妙子『朱霊』「朱」（474）

雪の空地ありとしおもふ目を張りてかつみえがたし雪の空地は（476）

雲南（うんなん）の白き翡翠をもてあそびたなごころ冷ゆ天日（てんじつ）は冷ゆ　「白玉」（518）

蟬捉へられたる短き声のしてわが髪の中銀の閃く　「夕べの声」（519）

空中にかすかなる罅（ひび）明滅す　颱風すぎしひるのかぐらく（520）

夏すこし痩せしこころに出でて買ふ盆花市の夜の桔梗を

齋藤史『ひたくれなゐ』「密呪」（59）

こまやかに草は震へてその蔓の痩せたるは見ゆ・明日は見えぬ　「明日は見えぬ」（82）

きらめける盛りもすぎて見渡すに夏の草おどろ・いのちのおどろ　「くだたま」（104）

降りしきり眼前（まなさき）くらむ雪野道　おぼつかなくて一生（よ）過ぎなむ　「ここはいづこの」（568）

ここすぎていづこの門に至るべき背後より暮るる黄昏の橋　「ひたくれなゐ」（661）

聖母とヴィナス

『朱霊』と『ひたくれなゐ』に収載された作品を個々に挙げていくと、思念を重ねて表現を練り上げていく史と、犀利な感覚によって鮮烈な表現を開拓していった妙子に共通する部分も見えてくる。妙子はキリスト教の文化的、思想的な側面に近接していったが亡くなる約五か月前に受洗している。作歌に専心しているときは信者になることはなかったのである。史は戦後、信濃での暮らしの中で土地の神にも心寄せを示していった。それぞれが関心を寄せるものには隔たりがあったと思われる二人であるが、素材や歌の構造において共通点をもっている作品も見受けられる。

上膊より欠けたる聖母みどりごを抱(いだ)かず星の夜をいただかず
葛原妙子『朱霊』「黒聖母」(79)

上膊より断ちしヴィナス　その手もて触れしものみな消えうせしかば
齋藤史『ひたくれなゐ』「夜の雪」(629)

〈聖母〉は聖人の生母、もしくは、イエスの母マリアの称。〈ヴィナス〉はローマ神話では菜園の守護女神であり、のち、ギリシア神話のアフロディテと同一視されて美と愛の女神とされる。
二首とも初句が「上膊より」で始まっていて、「聖母」と「ヴィナス」という聖なる存在を悲しみの象徴として歌っている。癒えることのない悲傷性に言い及んでいるのである。こうした共通点はあるが、妙子の（79）がひたすら静謐な印象を与えるのに対して、史の（629）からは激しい衝動が伝わってくる。異なる雰囲気が生じているのは二句に用いられている動詞の相違による。妙子が「欠ける」という自動詞にて表現しているのに対して、史は「断つ」という他動詞を用いている。自動詞は他に作用を及ぼす意味をもたない動詞である。他動詞はある客体に作用を及ぼす意味をもつ。自動詞か他動詞かの相違が、二首の雰囲気に影響を与えているのである。

妙子の聖母は上膊より「欠けたる」とされている。像の状態そのものを描き、何ゆえに欠けてしまっているのかという事由は歌の中にて明かされていない。そして、三句から四句にかけて母としての極限の悲しみが魂を絞るようにして綴られている。四句から結句にかけてはあまりにも大きすぎる悲しみを解き放とうとするかのように広大な時空を呼び込んでいる。しかし、「みどりごを抱かず」「星の夜をいただかず」という二つの打消しの形が示しているように、どのように強い思いをいだいても叶わぬことなのである。打消しの形を用いることによって、閉じられた世界の中での希求が語られた。四句が「抱かず／星の」と句割れになっている。この不安定な韻律にも母性につきまとう不安、悲しみの深さが見られる。

史のヴィナスは上膊より「断ちし」とされている。「断たれし」とはしていない。そして、上膊より腕を断ち切ったのは何故なのかという理由を三句以下に綴る。鋭い刃をもって腕を断ち切るという行為に及んだのは、慈しみの心をもって他者に触れたにもかかわらず、その他者がことごとく消えてしまったという理由による。相手を消滅させてしまうとは、すなわち相手を滅ぼしてしまう、死に追いやってしまうということである。慈しみの心から他者に触れようとする行為は、腕を断ち切る行為に至って終息する。激しい能動性に貫かれている。「断つ」という自らの意志こそが重視されているため、「断たれし」ではなく「断ちし」なのである。

妙子の（79）と史の（629）をその前の一首とともに抽いてみる。

スペイン、カタルニヤの御堂のおく顔面真黒き聖母立ちたり　『朱霊』「黒聖母」（78）
上膊より欠けたる聖母みどりごを抱(いだ)かず星の夜をいただかず　（79）
あるときの現実よりもあざやかに扉(と)を透きぬけて来し刃物研屋(はものとぎ)　『ひたくれなゐ』「夜の雪」（628）
上膊より断ちしヴィナス　その手もて触れしものみな消えうせしかば　（629）

カタルニアはスペインの北東部に位置していて地中海に臨む地方である。カタルニア語が使われ中世以来独特の文化を有しており強い自治権をもつ。

伝説によると、八八〇年に羊飼いの子が洞穴の中で聖母マリア像を見つけたとされる。そこに建てられたのが最初のモンセラートの礼拝堂だという。モレネータの愛称をもつ聖母子像は実際のところ十二〜十三世紀につくられ、その後修復を重ねて、ずっと後に黒く着色されたと考えられている。一五九二年に献堂された教会堂は改修を経て現在に至る。右脇の階段からモレネータの安置されている小部屋に上がっていくことができるが、近年、聖母子像の周囲はアクリル板で覆われた。聖母が右手にもつ天球の部分だけ、礼拝者が接吻できるように丸く穴が開けられている（『スペイン文化事典』丸善　二〇一一年刊所収　浅野ひとみ「モンセラート修道院」）。

妙子の（78）では「スペイン、カタルニヤの御堂のおく」と詠んでいるが、（79）の「上膊より欠けたる聖母」は別の場所の聖母像を詠んでいる。

妙子は「聖母像妄語」と題する文章にて次のように記している（『孤宴』小沢書店　一九八一年刊）。

家族のひとりがもって来た某誌、聖母特集号をひらいた。フランスのデイジョン・ノートル・ダム教会の「善き望みの母」が巻頭の原色版である。そこで聖母とは私にとってこの上もなく怪奇、異様なものであった。なによりもそれは驚くべき大柄な、しかも漆黒の聖母であったということだ。（中略）しかも聖母は聖子キリストを抱いていない。（中略）

聖母の腕は胸に沿って垂れ、上膊の或る所から下は欠け落ちている。だが本来は聖子を抱

いていたのかもしれず、（中略）

なにかの衝撃でこどももろともに両腕が落ちたのかもしれぬ。としたら、この聖母はその不幸のゆえをもってさらに崇められてよいのである。なお、黒聖母はスペイン・カタルニャにもあるという。

（79）の聖母はフランスの教会の聖母像を詠んでいるが、カタルニャの聖母子像の存在を意識している。「みどりごを抱かず」「星の夜をいただかず」に見られる二つの打消しの形は、「みどりご」と「星の夜」を手にしている像を意識した上で、上膊より欠けているためにそれらから遠くあらざるを得ない聖母の悲苦を描いているのである。

（78）（79）の前の三首をさらに抽いてみたい。

めのまへにちかづくわが子の足小さし顔小さしふかき手提を下げたり　『朱霊』「黒聖母」（75）

かたはらを過ぎゆく汝が大き手提、手提の陰に汝は失せながら　（76）

をとめごの前歯かすかにあらはれぬをりしもひとつの微笑のために　（77）

（75）（76）（77）に表されているのは母性につきまとう不安であろう。「ふかき手提」「大き手提」は子を保護するためにすっぽり包み込む袋であるとともに、子を見えないところに隠してしまう闇でもある。胎児を育む母胎をも思わせる。「わが子」は妙子の意識の中で児として「手提の陰」に失せてしまう。（77）では「前歯」の白が先ず現れて、それが微笑のためであると語る。微笑んで白い歯が覗くというのとは逆の発想であり、時間が逆行したようでもあって不穏な空気を生む。（75）（76）にて手提を母胎と見るとやはり時間の逆行が描き込まれたことになる。こうした不安感を具体化した形であるかのように（79）の聖母像は存在する。

（78）（79）を映像として捉えてみると、（78）ではカメラを引いて「御堂」という空間の全体像をまず写している。そして、真っ黒な顔の聖母が立っているという状態を映して締めくくる。（79）では最も語りたいところにズームアップしている。御堂の中に動くものの気配はない。しかし、（78）に詠まれているのは「スペイン、カタルニヤの御堂」であり、（79）の「上膊より欠けたる聖母」はフランスの聖母像である。したがって（78）の「御堂」の中にて（79）の聖母像にズームアップしたわけではない。（78）の空間に（79）の空間が迷い込んだかのようである。或る空間に別の空間が入り込む、こうした空間の捉え方は妙子独自の感覚によるものである。

（79）に描写されているのは継続していく時間軸上のある時点における対象の状態である。これは短歌表現として当たり前のことではあるが、妙子の場合は表現を通してそこに時間の概念が窺われるのである。万物は時間の流れに従って変化していく。まったく変化が生じていないということも変化の一態様にほかならない。時間軸上のある時点の対象の状態を描写することに徹しているのを目の当たりにするときに、妙子の時間の概念を知る思いがする。

松岡正剛は『花鳥風月の科学』（淡交社　一九九四年刊）にて、中村元というインド哲学の研究者の言葉を紹介した上で次のように述べている。

> インド哲学では、時間の流れというものをたった三つの状態でとらえます。それは「出現」と「持続」と「消滅」です。しかもこの三つはそれぞれ静的な状態としてとらえられている。ヨーロッパならいきいきとした動詞で表現するところを、インドではつねに静止状態の展開ととらえる。

妙子は時間の経過における対象の変化に関心を寄せるのではなく、時間軸上のある時点における対象の静態に目を向けている。そして、自動詞「欠ける」を用いて「欠けたる」と対象の状態を描写する。それは「出現」「持続」「消滅」という状態をもって時間を把握する考え方に近いのではないか。対象が出現してから消滅するまで、対象は存在し続けている。妙子の関心は、ある時点における対象の静態に向けられ、「みどりごを抱（いだ）かず」「星の夜をいただかず」という描写を為している。その描写にて意識されているのは静態をもって表す時間軸上のある時点である。（78）に「スペイン、カタルニヤの御堂」を描き、（79）にて別の場所の聖母像を詠んでも、不可思議ではあるが違和感はない。（79）の「上膊より欠けたる聖母」の存する空間と（78）の「顔面真黒き聖母」の置かれた空間は互いに破綻を見せずに存在する。

史は他動詞「断つ」を用いて「上膊より断ちしヴィナス」と表現し、「その手もて触れしもの
みな消えうせしかば」と行為に至る理由を記す。物事の因果を明らかにしているのである。
直接的原因（因）と間接的条件（縁）との組合せによってさまざまな結果（果）を生起すると
いう考え方をとるときに、因と果の間には自ずと時間の流れがある。史は時間の経過における
事の次第に着目している。

史の（628）の「刃物研屋」は、（629）におけるヴィナスの腕の切断をあまりにも唐
突なものとしないために張り巡らされた仕掛けと言うこともできよう。扉を「透きぬけて」来
た「刃物研屋」が目の前に立ち現れてくる。それは幻を意識させるため（629）の「ヴィナ
ス」の負う物語性を際立たせる。

（629）はまた、齋藤茂吉の歌を思い起こさせる。

めん雞ら砂あび居たれひつそりと剃刀研人は過ぎ行きにけり

齋藤茂吉『赤光』（10　七月二十三日）

夏休日われももらひて十日まり汗をながしてなまけてゐたり
たたかひは上海に起り居たりけり鳳仙花紅く散りゐたりけり
十日なまけけふ来て見れば受持の狂人ひとり死に行きて居し
鳳仙花かたまりて散るひるさがりつくづくとわれ帰りけるかも

一九一三（大正２）年の作である。「めん雞ら」の歌を含む一連は、個に属することと、社会や時局と切り離しがたく在ることを綴り、描写にはその時々の内面が滲んでいる。また、「めん雞ら」が砂を浴びている場面、「剃刀研人」が存在を消したようにして静かに過ぎていく場面が、三、四首目に描かれている不穏の予兆を暗に示している。五首目では「われ帰りけるかも」と己を淡々と語る。二首目から五首目にかけて経過した時間さえも、一首目の「過ぎ行きにけり」に含まれているように思えてくる。一首目に表された場面が続く四首に影を及ぼす構成となっている。

史の（６２８）も（６２９）の行為の予兆としてある。（６２８）の上の句「あるときの現実よりもあざやかに」の特に第三句が特徴的である。現実に目の前に存在しないものに及ぼす史の思念の強さを語っている。非現実や想像、回想の中のものが、強烈な現実味を帯びているということを、とりたてて述べているのである。（６２９）に示されているのは、継続して流れている時間の中で対象が決断したことによる行為である。ある状態に至らしめた意志と行為に主眼が置かれている。対象に生じた変化を、因果や物事の経緯といった視点から述べているのである。「断ちし」「触れし」「消えうせしかば」と、過去の意味をもつ助動詞「き」を三度用いて、因果や経緯を周到に語っている。「聖母」と「ヴィナス」、この聖なる存在を通して妙子と史の作品における時間の概念を窺い知ることができる。

魚

魚をモチーフにした一連の構成を見てみたい。

さかのぼる暗き魚群に魚体無し　魚は目のみとなりて遡る

葛原妙子『朱霊』「魚」（47）

「魚」の一連二十二首には「魚」「うを」を詠み込んだ歌が十四首あり、「魚」の文字は計二十四回、「うを」が一回使用されている。一首の中に「魚」の文字を二回用いている歌が三首、三回用いている歌は四首ある。

（47）に描かれているのは「目のみ」の魚である。川を遡っているにもかかわらず「魚群」に「魚体」は存在しない。魚の気配を感じとっているわけではない。体は存在しなくても「目」が存在するから魚であることが分かるのである。目のみが一団となって川を遡るさまを想像してみるとかなりグロテスクである。ただひたすら見るものとして在る目が、魚という存在を証する。何かを執拗に暴き出そうとしている「目」を印象づける。その目は神の視点とでも言うべきものなのかも知れない。（47）は一連の三首目に置かれている。

水蝕の崖の夜ふかく抉れをり水は眸の如くひかりぬ　『朱霊』「魚」（45）

一連の一首目にある歌には魚は描かれていない。水は「眸の如く」光っていたという。そこに生まれてくるのは「目のみ」の魚なのであろうか。上の句に描かれた場所は生命の誕生を促すところのようにも思われる。崖の抉れと夜の底知れぬ深さが一体となって迫りくる。「眸の如く」光る「水」は、罪を暴こうとする「目」の所在を語る。

青草に月差すごとく明るめる昏き魚洞に魚の影ゐず　『朱霊』「魚」（49）
川底に沈める大き星の群　魚精は狭霧のごとく亡びぬ　（52）
わが目より没する魚の行方あり　かすかなるゐまひ　ゆゐしらぬゐまひ　（54）
わがまへにいづこの水面（すいめん）ぞあらはれて魚はちひさき顔を連ねき　（57）
くれなゐの鮭の子海に行かずして姫鱒となるふかしぎありき　（58）
変身せるうをの子泳ぐ山川のうつくしき瀬よさみしらに見ゆ　（59）

（49）にも直喩が用いられている。月光が差しているように明るめる青草のひとところがあるのだが、「魚洞」は昏い。非在を物語る昏さである。（52）では生殖と滅びを扱っている。川底に沈む「大き星の群」は生まれなかったものたちへの慰撫を意味するのか。（54）では魚は妙子の眼前から姿を消し、（57）にて先ず水面が現れ、再び魚の存在を知る。「非在」「生死」「消滅」「現出」と続けざまに描かれた目まぐるしい展開によって、ある時点において視覚的に捉えられた状態を写し、また、別の時点における状態を写す。変化の態様を描写することによって時間の経過を語る。（54）の下の句「かすかなるゐまひ　ゆゐしらぬゐまひ」の平仮名で書かれた十六音律は呪術の言葉のようにも響く。

（58）、姫鱒は紅鮭の陸封魚である。地形の変化などによって淡水中に閉じ込められて一生そこで生活することにより姫鱒になるという、生活史中の現象を「ふかしぎ」と語る。（59）では「変身」という言葉をもって一連の主題が明かされる。変化、変身、転化による態様を通して、一連の終盤に備えての精緻な舞台づくりがなされているのが、ここまで見てきた前半、中盤の部分である。

十七首目には次の歌が置かれていて、一気に最終局面へと向かっていく。

縁（ふち）赤く彩られたる宗教画たかつきに小さき魚をのせたり　『朱霊』「魚」（61）

ミラノのサンタ・マリア・デッレ・グラッツィエ聖堂に隣接する修道院の食堂には、レオナルド・ダ・ヴィンチの「最後の晩餐」が壁画として描かれている。食卓の料理については子羊肉だとされてきたが、修復の際に、魚の切り身であることが判明した。魚の上にはオレンジかレモンの薄切りが添えられてあることも分かっている。ギリシア語の「イエス」「キリスト」「神の」「子」「救世主」を意味する言葉の頭文字を順に繋ぐと「魚」という言葉となるため、魚がイエスの象徴とされたという。

（61）は一連の終盤における宗教的な意味合いを色濃くするために用意された一首である。ここから歌群は更に急展開する。

晩餐はうるはしきかな　ゆふぐれの水明り額（ぬか）に映らふ　『朱霊』「魚」（62）
泣かむとし泣かざる汝幼子のちひさき百合根燐をともしつ　（63）
水に走る魚あらば魚よと呼びてみよ魚を呼ぶこゑ透きとほるなり　（64）
夏ながら白き手袋を嵌めてゐるなんぢが呼ばむ魚青きなり　（65）
をさなごが魚呼ぶこゑす、キリストが魚よ、と呼びし哀泣のこゑ　（66）

（61）から順に追っていくと、「宗教画」「晩餐」「幼子」という言葉がちりばめられていて、一連の末尾に置かれた（66）に向かって膨らみをもたせるような構成になっている。

（62）では「ゆふぐれの水明り」のたゆたいに感応するかのように、厳かな雰囲気のうちに進んでいく晩餐の様子を窺わせる。（63）で幼子は泣きだしそうではあるが泣くには至らない。いたいけな心は泣くのを必死にこらえているのである。幼子の心の喩である下の句が愛らしくも痛々しい。（64）にて妙子は幼子に「魚よと呼びてみよ」と挑発的にも聞こえる言葉を投げかける。その魚は「水に走る魚あらば」と、仮定の順接条件を示す「ば」を用いて表現されているほどの不確かな存在ではある。存在を希求する思いの表れと捉えることができよう。（65）では「魚青きなり」と断定的に表現されていて魚の変身譚は急激に加速する。

この加速の延長線上に（66）はある。（64）の「呼びてみよ」に見る通り、ここには魂胆に類するものが存在する。しかし、「をさなご」によって自発的に発せられた声であるかのようにも聞こえるのである。「哀泣のこゑ」は意では無いことを声にするに至ったことに対する驚きによるのであろうか。自らが口に出した言葉への畏怖を感じての涙なのかも知れない。

一連の中盤までは魚の変容を追っていき、終盤に至ってキリスト教のエッセンスを巧みに組み込むというドラマティカルな仕掛けがなされている。妙子の手による筋書きはいくつかのクレッシェンドを繰り返しながら終焉を迎える。一連を通して妙子の希求が詳らかにされている。対象の状態を捉える妙子の目はどこまでも冴えているが、熱情の炎を燃やすことはない。距離を保って冷徹に視ることに執している。「目のみ」の魚は、一連の中で身体性の稀薄な妙子自身の目の存在、意識の在り処を示す。

続いて史の「魚痩せて」の一連から抽く。

水底に泡も生れぬ川の秋・魚らは褪せてしきり落ちゆく

齋藤史『ひたくれなゐ』「魚痩せて」（260）

あやまちて簗（やな）にのりたるいろくづの白きひかりを人拾ふなり　（２６２）
秋に痩せ月に痩せたる魚焼くになほにじみゆく無色の脂（あぶら）　（２６３）
ひとひらの白き川魚秋さりて香の浅きをば召せといふなる　（２６４）
洪水の水にあぎとふ魚を獲（と）る男叉手（さで）網さし汗若かりき　（２６８）
一閃のひかりのごとくながれつつ魚は月日の記憶をもたぬ　（２６９）
あぢさゐ色の船がながるる眩暈の熱のあはひの日ぐれ遠空　（２７２）
魚ら逝き水さへ季（とき）にしたがへりいつまで熱きわが胸腔（むなぬち）か　（２７３）
かなしみの遠景に今も雪降るに鍔（つば）下げてゆくわが夏帽子　（２７４）

「魚痩せて」の一連十五首には魚を詠んだ歌が十首あり、「魚」の文字は計九回、「いろくづ」は一回使われている。
（２６０）（２６２）は時の移ろいとそれに伴う命の衰えが寂寥感を深めている。（２６３）（２６４）（２６８）にては自然の底力を垣間見せながら、その中で暮らす人間のなまなました体、人間臭さを描いてみせる。
（２６９）、魚は「月日の記憶」をもたないと記す。遠い日の記憶に苦しめられ続けている実人生を揶揄するかのような描きぶりである。「一閃のひかり」は時の彼方から差し込んでくる痛ましい記憶を言うのであろう。歌に描きこまれた具体の奥に物事の真理を浮かび上がらせるのは、史に顕著な手法である。この歌は一連の末尾の（２７４）に向けての伏線となっている。

（272）、日暮の空の色合いに重苦しい鬱屈を感じている。船は流れていくが、自身は思うに任せない不充足感に苛まれてわだかまりに捕らわれている。「眩暈の熱」が焦燥を訴えかけてくる。（273）ではいつまでも昂りやまぬ心を持て余す。自然はなべて季節に従順に移ろっていくが、人生の秋を迎えながらも自身はそれほどもの分りのいい人間にはなれそうにもないと表白する。下の句はまるで自分の肉体に挑みかかるような描写である。思念にこだわりつつも濃密な肉体の気配が宿る。

（274）は今に至るまで片時も忘れることなく記憶の底にあり続ける深い悲苦を歌いあげる。「かなしみの遠景」は二・二六事件の起きた一九三六（昭和11）年の雪の積もった朝の光景にほかならない。「わが夏帽子」は事件から五か月後の、友が処刑された夏を連想させる。「わが」を付したことによって己との関係性を示す。経過していく時間の中で過去の一時点に常に意識を置く。過去の一時点が時間の経過の中で史に寄り添っているようにも思われる。鍔を下げて目深に被れば忽ちのうちに己一人の空間に身を置くことになる。表情を悟られないようにするのも、悲しいことではあるが手慣れた所作の一つなのである。記憶を辿れば「遠景」は直ちに眼前に立ち現れてくる。

史の歌に通低するのは時の経過である。魚が様変りしていくのも季節の移ろいとともにある。甦る記憶は時を遡らせるが、その前提にはやはり時の経過がある。時の経過とともに態様を変えていくさまを見続けながら、歳月の中で変わらないものの所在を確かめる。描かれた魚は時の経過を証するものであり、史は時の経過の中で自身の心根を見つめ続けているのである。

四時

晴れた日の午後四時という時刻は光の加減から日暮に向かう空の微妙な変化に気づかされる。

通行者の全身あゆみ過ぐるとき透硝子(すき)張りつめし内にわれをりき
葛原妙子『朱霊』「発光」(612)

夕映は兆さむとして午後の四時東京空中はつか赧らむ
(613)

(612)では「透硝子(すき)」越しに妙子は外を歩み過ぎる人を見ている。歩み過ぎる人を目にして、その存在に触発されたかのように硝子窓に映る「われ」を意識している。「われをり」ではなく、「われをりき」と過去の意味をもつ助動詞「き」を用いている。われは既にその場所にいて硝子窓に映っていたはずであるのに、その姿を認めたのは他者を目にしたあとであった。現在に過去の時間が混在しているような不思議な感覚である。四句が「透硝子(すき)張りつめし」と十音、結句が「内にわれをりき」と八音となっていて、四句の字余りが甚だしい。硝子に映る己への固執が見受けられる。（613）では店から出てきて空を眺めているのであろう。結句の「赧らむ」には馥郁とした余韻が漂う。そこに一瞬のもの思いに耽る妙子の姿がある。夕刻に向かう心もとなさよりも寧ろ耽美的な味わいがある。

土耳古青（とるこあを）となりたる山の四時過ぎにげにすなほなる食欲ありぬ

齋藤史『うたのゆくへ』「白きうさぎ」

四時という時刻が記された作品として印象深い。終戦から三年後の一九四八（昭和23）年、いまだ食糧難に悩まされていた時代を反映している。人は思想にこだわるのみにては生きることはできない。生命を維持するための食欲、飢餓の心と体を満たすための食欲に纏わる歌であるゆえに、「土耳古青（とるこあを）」という抜けるような空の青の描写がとりわけ哀切である。「げにすなほなる」として生きることを大らかに歌っているようでありながら、食欲に執することへの含羞が伝わってくる。

『ひたくれなゐ』にも四時という時刻を詠み込んだ作品がある。

四時にて止る癖の時計はひきだしの中にていつも・いつまでも四時

齋藤史『ひたくれなゐ』「白露」（65）

ひきだしの中に仕舞われている時計であるから、腕時計か懐中時計のような小さなものなのであろう。ある時刻に止まってしまうことを「癖」という言葉で表現していて、人間の習慣を連想させる。四時という時刻は史にとって重要な意味をもつのであろうか。「四時」を指し続ける時計は、史自身に回顧をいざなうものとして「ひきだしの中」という人目につかぬところに存在している。

「四時」に纏わる記述を探ってみたい。

高橋正衛の著書『二・二六事件　「昭和維新」の思想と行動』（中央公論新社　二〇〇〇年刊）には、三六（昭和11）年に起きた二・二六事件当日の大臣告示に関する記述が見られる。それによると「参議官の鎮撫、原隊復帰を第一の収拾策とする立場から、『陸軍大臣告示』の原文となった（中略）『申合書』ができた」とある。この「申合書」を箇条書きにしたものが「陸軍大臣告示」ということである。「陸軍大臣告示」の文面と、その表現に関する問題点を指摘している箇所を、高橋の著書から抽く。

陸軍大臣告示（二月二十六日午後三時三十分東京警備司令部）

一、蹶起ノ趣旨ニ就テハ天聴ニ達セラレアリ
二、諸子ノ行動ハ国体顕現ノ至情ニ基クモノト認ム
三、国体ノ真姿顕現ノ現況（弊風ヲモ含ム）ニ就テハ恐懼ニ堪ヘズ
四、各軍事参議官モ一致シテ右ノ趣旨ニ依リ邁進スルコトヲ申合セタリ

五、之以外ハ一ツニ大御心ニ俟（マ）ツ

ところがこのときから二種の「大臣告示」があったといわれるのは、第二項の「行動」が「真意」となっているのがあり、これが今日正文とされていること、また「申合書」がもう一つの「告示」と混同されたことである。

だが、この「行動」と「真意」とのちがいは重大である。「行動」を「認む」ということは、二十六日未明の襲撃という事実を認めることになる。「真意」ならば、「ほんとうの気持、精神」という漠然とした抽象的なものであり、あとでなんとでもその時の情況によって解釈は成り立つ。はたして、この「行動→真意」は大問題を起こした。

さらに第一項の「天聴ニ達セラレアリ」という個所である。ここで申合書の「天聴ニ達シ（アリ）諸子ノ……」とある、植田大将が「アリ」と行間に鉛筆で書き入れたことの意味が判ってくる。「達シ」とは、天皇は完全に聴いた、ということであり、「達シアリ」とは、「ともかく申上げてある」ことと、その後のことは判らないという意味が含まれる。

告示の中の「行動」と「真意」、「達シ」と「達セラレアリ」「達シアリ」という言葉の相違が、事件の性質をどのように見なすかという点に関して重大な意味をもっていたのである。

高橋は更に同書にて、この「陸軍大臣告示」を「叛乱軍に示した」と続け、「同時に警備司令部（第一師団、近衛師団を統率している）から、第一師団長、近衛師団長に下達されたのは午後四時である。これは印刷して下達された」「この夜、憲兵司令部（臨時の陸軍省）に川島陸相がきて、陸相が原案をもっていて『行動』ではなく『真意』であることがわかり、『諸子ノ真意ハ国体顕現ノ……』と刷りなおして、これを軍の正文としてしまったのである」と記している。

高橋の文章に従って経緯を辿っていくと、事件の性質をいかなるものと捉えるかを記す文書の文字に、二月二十六日午後四時から夜にかけて変更が生じていることが理解される。午後四時という時刻が文面の決定に関して、分岐点として大きく関わりをもっていたことが浮かび上がってくるのである。

この点について当事者の記憶も曖昧になっているようである。渦中に身を置いているゆえに混乱していたのであろうと推測される。二・二六事件に少尉として参加して服役した池田俊彦は、『生きている二・二六』（筑摩書房　二〇〇九年刊）にて次のように述べている。

この大臣告示を誰から聞かされたか、はっきりした記憶はない。はじめ口頭で栗原中尉から聞いて、あとで紙片に書き記されたものを見たように記憶する。第二項の「諸子ノ行動ハ」とあるのは真意となっていたか行動となっていたかは全く憶えていない。

伝達過程において既に危うい状況に晒されていたようである。文面の文字が変更されたことにより、当事者のその後の運命に多大なる影響が及んだ可能性も考えられる。当事者は無論のこと、ごく近しい人たちがいだいた無念は、第三者には到底思い及ばないほどのものであったであろう。

史自身も『遠景近景』（大和書房　一九八〇年刊）に、「父が、午後四時頃、次官古荘幹郎中将（陸大同期）が青年将校に示すために、一枚の紙に鉛筆で書いたものを、見せられたのとは、どう考えても違っている様に思われる―と書いて居ります」「告示一つについてさえ、混乱と混沌と、そののちのごまかしが渦巻いていたのでございました」と記して、静かな口調ながらも強い無念を滲ませている。

「四時」という時刻の背後には、歴史上の事件を巡っての重大な事実が見え隠れしているのである。

史の（65）に詠まれた「四時」は午前か午後か示されていない。しかし、「ひきだしの中」という暗い場所で人目につくことなく止まったままになっている時計の指し示している「四時」とは、後の判断に際して運命の分れ目となったとも言える、午後四時を指しているのではないかと思われる。事件に関わった人々のその後に思い及んだときに、「四時」という時刻の前を素通りすることはできない。歴史の酷薄を胸に刻み込んで生き抜いていくことを覚悟した史の鬼気迫る心情が読みとれる。

時計を描写するのに人間の習慣にも通じる「癖」という言葉を使っているのは、時計の指す時刻が人間の命運に関わっていることを示しているのであろう。事件の顚末を幾度となく繰り返し思い返したとき、いくら思いを及ぼしてもなお拭いきれない疑念、逃れられない呵責の念が重なる。常にを意味する「いつも」と、永久にを表す「いつまでも」という二つの言葉を併置させていることからも、生涯にわたって繰り返し立ち返らなければならない、そして身を置かなければならない事の所在を示していると考えられる。

史の（65）の「四時」は歴史の深淵に潜む過酷なる真実に通じる言葉なのである。

個人の意志をもってしてはどうにも致し方ない歴史のうねりというものが確かにあると思いつつ、

土耳古青（とるこあを）となりたる山の四時過ぎにげにすなほなる食欲ありぬ

齋藤史『うたのゆくへ』「白きうさぎ」

の前に立ったとき、生きるための営みの中で目にする空の青は途方もなく尊いものと映る。「四時」という時刻の示す深みに呆然とせざるを得ない。

空間という対象

空間は物体が存在しない相当な広がりのある部分、あいている所を意味する。哲学用語では、時間とともに物質界を成立させる基本形式とされている。

『朱霊』の中で「空間」を詠み込んだ作品からは、物体が存在していない空間自体に固有の意味を見出そうとしている妙子の思考が見えてくる。

ちらちらと行手に走りいでつつをさなごはわが空間を盗む
葛原妙子『朱霊』「瞬く」（20）

わが前に立ちたる者を去らしめて冬の空間恍とひろきか
「朱」（463）

空間はしづかに充ちゐきものを割る激怒ただよひしのちの空間
「幻火」（500）

ヴェネツィアの吹き硝子の藍青（らんせい）はかざすたちまち空間に溶く
「地上・天空」（662）

神の空間より剝離せし金と銀、モザイックは夜の闇に流れいづ
（667）

（20）では「をさなご」を「わが空間を盗む」存在として捉えている。（20）に続く二首を見てみる。

わがかたへか織きこどものきてすわり日の照る庭に見入りけるかも

『朱霊』「瞬く」（21）

肉親の汝（な）が目間近かに瞬くをあな美しき旅情をかんず

（22）

孫との交流を描いているのであるが、「か織き」という形容や目の輝きに「旅情」を感じている点に感傷性がある。このような歌から察するに、（20）では妙子の前方に走り出てくる幼子の悪気のない戯れを描いているのである。しかし、「盗む」とは穏やかではない表現である。

（20）にて詠まれている「空間」は自身の居る場所とその周辺を含む物理的な場所にとどまるものではなく、精神活動を為す場所、表現者としての純粋性、至高性を保つためのテリトリーに繋がるものであると思われる。こうした意味合いを担う「空間」に踏み入る者がいれば、表現者としての個を脅かす者と見なすことになる。悪気のない稚き者であっても、故意ではないとしても、「盗む」者であることに変りはないのである。一方的に排する気持にはなれずにどこか微笑ましい思いで眺めてはいるが、心の片隅には常に表現者としての危機感が存在している。

（463）では人が立ち去ったあとの広がりに視線は向かう。「わが前に」として人と我との位置関係を明確にした上で、「去らしめて」に使役の意味をもつ助動詞を用いている。妙子自身の内的空間を保とうとする切実な思いが滲んでいる。「恍」の形容と「ひろきか」の詠嘆に見るように、遮るもののない「冬の空間」を寂寥を感じつつも内に噛み締めているのである。（500）の「空間」はものを割るほどの怒りを湛えた人と我の居る場所を指している。その前の二首、

おそろしき音せしかたに電灯のかうかうと照りゐるをみしかな　『朱霊』「幻火」（498）

散乱せる皿の大破片小破片微塵の破片も拾ひゆくべき　（499）

をみるに、家の中の出来事であると推察される。（500）の「空間」を占めているのは感情の昂りが収まったあとの静謐である。「ものを割る激怒ただよひし」として怒りの程度を示すにとどめて、怒りの理由といった具体的な事情は一切明かさない。過去のある時点における怒りの存在、現時点における静謐の支配を示すことによって表現を完結させる。一つの場面は「空間」の存在を際立たせることとなった。初句と結句に「空間」という言葉を据えている点にも表現の企図は明確である。

（662）では四句「かざすたちまち」の畳み掛けるような性急な言葉の運びに着目される。

「かざすにたちまち」と助詞の「に」で繋いでみると、「かざすたちまち」に見られる緊張感は失われてしまう。助詞を用いなかったことによって、息を吹きかけた瞬間に形づくられてゆく硝子工芸の妙味が伝わるだけではない。言葉の畳み掛けによって、その場の時間さえ圧縮されたように感じるのである。そのため変容の過程ではなく、結果としてどのような形状になっているかが強調される。ここでの「空間」は、藍青の色が形へと瞬時に定まっていくさまを指している。

（667）は教会という建造物が有する空間の宿す、宗教的な意味に忠実な作品となっている。かつて妙子は、

寺院シャルトルの薔薇窓をみて死にたきはこころ虔しきためにはあらず
伽藍の内暗黒にして薔薇形の彩（あや）の大窓浮きあがりたり

葛原妙子『薔薇窓』「薔薇窓」

と詠んだ。一首目では信仰心によるものではないと表白しているが、表現者としての矜持が読みとれる。二首目は大聖堂の状態を実に正確に描写している。

シャルトル大聖堂はもともとロマネスク様式で建てられたものが、一一三四年に火災に遭い焼け残った西正面の一部をもとに、ゴシック様式として再建されている。内部に入るとかなり暗いのは当時のステンドグラスがほとんど無傷で残り、ガラスの色調が濃いことに原因がある。

十三世紀には窓を大きくとることが可能となったが、ガラスの彩度を高めて堂内の暗さをある程度、維持しようとした。

ゴシックの教会堂の中に足を踏み入れると視線が深奥部に引き寄せられるのは、教会堂の奥行きの深い縦長の構造によって生じるものであり、支柱の並びがつくりだす透視的な効果によって強められているのであると言う。建物の「空間」というときに、そこには建物固有の意味が含まれているとされる。「空間」は単に建物の物理的な容積や形状を表すにとどまらず、感覚と観念を通して把握できる「意味づけられた領域、広がり」という内容を含んでいる。教会堂の「空間」は「神の国」という意味を含んでいるとされる（佐藤達生・木俣元一『図説　大聖堂物語　ゴシックの建築と美術』河出書房新社　二〇一一年刊）。

妙子はキリスト教の教会建築における「空間」の意味するところに敏感だったと思われる。「薔薇窓」の作品はそうした感覚を如実に示したものとなっている。

『朱霊』の（667）では感覚は更に研ぎ澄まされたものとなり、「空間」における微細な気配すら逃さない。「神の空間」に対して、そこから剝離してしまった金銀のモザイックが流れてゆく「夜の闇」は俗世そのものである。上の句と下の句が読点を挟んで対立と調和をつくり出している。ある物体は容積という空間を、その内側に有する。また、物体の廻りにはその物体の存在を可能にしている空間が存在する。物体と空間の関係性を通して、空間自体を対象とすることを妙子は考えていたのであろう。ある物体を理解するときに、その物体が存在している廻りの「空間」のもつ性質を理解することによって、対象を把握するというアプローチの手法を見出していたのである。

晴天の空漠の量　人をりて曠野をひらく火薬の量　『朱霊』「北辺」(281)
もの焼くと少し窪める庭土にさびしき天の降りくるかも　「庭火」(360)

「空間」という言葉は使われていないが、ものが存在しない状態を通して対象を把握しようとしている作品である。(281)では三句の「人をりて」が空と曠野の対照をより鮮明にしている。「空漠の量」を意識することは「火薬の量」を実感することと繫がる。具体から抽象を知るように、妙子は抽象から具体を実感するのである。(360)、上の句では写生描写がなされているが、下の句では「さびしき」という形容によって天へのあくがれが表された。少しの窪みを崇高な天の器と見なす。器が満たされ内的空間も充ちるのである。
史の作品に見られる「空間」は、可視のものが存在しない、すなわち不可視のものが存在する場所であり、虚空のもつ意味に近いように思われる。

空間をにぎはしくくして雪降れりすきとほらぬもの充つる天空
齋藤史『ひたくれなゐ』「鬼供養」(429)
まだ落ちてゆく凶々しき空間のあるといふことがわれの明日ぞ
「ひたくれなゐ」(710)

（429）、空間は降る雪によって満たされる。「すきとほらぬもの」は雪であり、目に見えるものの総体を示してもいる。そして「すきとほらぬもの」は「すきとほるもの」の存在を仄めかしてもいるのである。不可視の存在には言葉もなく命を終えていった者たちの魂も含まれているであろう。無機質な響きをもつ物理的な「空間」がこの世を表しているのに対して、慈愛を感じさせる響きをもつ「天空」は不可視のものをも包み込む彼岸なのである。

（710）、史は自身を責め苛みやまぬところとして「空間」を捉えている。落ちてゆく「空間」の待ち構えていることに対する脅えや恐怖に支配されているわけではない。落ちてゆくことをしかるべきこととして受けとめている。結句は厳しい自覚を示す言葉である。

次に抽く歌群には「虚空」が用いられている。

北指せばつねにつめたし天霧（あまぎら）ひ雪は虚空（こくう）に亡びつつ降る　『ひたくれなゐ』「耳もて問はむ」（40）

失速をして堕ちてゆくわれよりも雪はかろやかに虚空にあそぶ　「あけぐれ」（137）

みゆる限りはもの見むとしてみひらくに散りつつ消ゆる雪は虚空に　「虚空」（407）

風は虚空の声となりゆき石の磬（けい）樹の笙（しやう）こめて吹きわたるなり　「風のやから」（482）

（40）、初句にて自身の姿勢を示している。「北」は史が小学校時代を過ごした旭川を思わせる。自らの心が帰り着く懐かしい場所なのであろう。結句にては滅しつつも何かを遂げようとする、史の述志を語っているようである。

（１３７）では「失速をして堕ちてゆくわれ」と自虐的な視点で己を捉える。

失速をして堕ちてゆくわれよりも雪はかろやかに虚空にあそぶ

『ひたくれなゐ』「あけぐれ」（１３７）

まだ落ちてゆく凶々（まが）しき空間のあるといふことがわれの明日ぞ

「ひたくれなゐ」（７１０）

こうして二首を並べてみると、（１３７）では「堕ちて」、（７１０）では「落ちて」と、文字に違いはあるものの、長い歳月の間をひたすら落ちてゆくこと、落ち続けていることが、現世に生きていることだと考えていたのである。史にとって落ちてゆくことは、罪の意識に苛まれつつこの世に生きることであった。やがて死を迎え落ちてゆく「空間」が無くなれば浮遊することが可能となる。「雪」は清らかな魂を表象するものであり、解放された魂は「虚空」にかろやかにあそぶ。

（４０７）、初句「みゆる限りは」に着目される。二句にては「ものを見むとして」ではなく、助詞「を」を省いて「もの見むとして」と定型七音に収めている。三句以下もすべて五七七の定型に収まっている。しかし、初句を「みゆる限り」とせずに「は」を用いたことによって生涯をかけて貫いてきた自身の姿勢が強調された。存在が消滅へと向かう連続性を見届けようとする。

（482）に詠まれている磬は吊り下げて撞木にて打ち鳴らす楽器である。中国の秦・漢時代には「へ」の字形の板石を用いた。仏具として用いるものは青銅製もしくは鉄製である。「石の磬（けい）」と「樹の笙（しやう）」はどちらも自然から素材を得てつくられている。虚空に吹きわたる風との照応にふさわしい。一首には風が「声」へと転化していくたっぷりとした時間が流れている。

史にとっての「空間」「虚空」は、不可視なるものの存在が可視なるものを通して意識されたり、自身の存在理由を感じとるための意味合いをもっているのである。

廃墟

対象に見出した特異なものから本質に辿り着くことがある。

雪晴れし彼方の火力発電所ローマ廃墟の円柱なしたり

葛原妙子『朱霊』「円柱」(367)

積もった雪に陽光が反射して照り返しの眩しい日、妙子は彼方の火力発電所を目にする。その火力発電所が妙子にとって唯一無二の意味を得るに至るのは、「ローマ廃墟の円柱」を見出したことによる。火力発電所という対象を通して「ローマ廃墟」自体が想起されることとなる。古代ローマにはすぐれた土木技術があった。広大な領土を支配するためには道路などを全般的に整備する必要がある。両側に排水溝を備え石を敷きつめた道路、水道橋の遺構にも技術の粋を知ることができる。ローマはまた、パンテオンやコロセウムといった巨大な建造物を造っている。それらの建造物に用いられているのがオーダーである。オーダーは円柱(コラム)と、それが支えるエンタブレチュアと呼ばれる上部の架構の、寸法と装飾的細部に関する約束事の体系のことであるが、より狭い意味では円柱だけについて指す場合も多い（吉田鋼市『西洋建築史』森北出版　二〇〇七年刊）。ローマ建築はギリシアと同様、柱を見せる形態であり、円柱は建造物にとって重要な構成要素を成しているとともに美的要素を担っているのである。

妙子の目にした火力発電所の外観は、今は廃墟と化した古代ローマの建造物の円柱に類似した構造を有していたのである。写真や映像にてかつて目にしたことのある光景であるのかも知れない。妙子にとって重要なことは、「廃墟」という言葉をもって対象を把握したことにある。

廃墟はそこに累積している時間に先ず思いを及ぼさせる。歴史的な建造物であれば民族や王朝の興亡といった壮大な物語を廃墟が自ずと語る。見るも無残な状態を見せられれば零落の思いに陥ることにもなる。廃墟が見る者の精神に与える影響は大きいと言えよう。廃墟となっている建造物は本来の機能や用途を失っており、建造物が有していた内部と外部という二つの別個の空間を失っている。建造物自体は崩壊や破損を免れていて建物の内部と外部が今なお明確に区分されているという構造を保っているとしても、機能や用途が失われている状態では内部と外部という区分はもはや大きな意味を担うものではない。それは外界に曝された内心のようでもある。

妙子は「雪晴れし彼方の火力発電所」の外観に「ローマ廃墟の円柱」を見出した。自身の内的空間を脅かすほどに深く入り込んでくる圧迫を感じとったのであろう。照り返しの眩しさによって増幅した不安がもたらした感覚かも知れない。初句「雪晴れし」によって限りない空の青が眼前に広がる。「彼方の」と続けたことによって、その青の広がりは郷愁を誘う。「雪晴れし彼方の」に表現された漠然とした距離感は、過去との時間的隔たりへの転換を可能にする。こうして茫漠とした時空が開ける。距離や方向を具体的に示していないため、空間は際限なく拡張していく。時間もまた過去への扉を自在に開く。

（367）の置かれている「円柱」の一連は三首のみから成る。

鹿皮の手ぶくろをもて抱(いだ)きこし花弁大いなる藍の遊蝶花　『朱霊』「円柱」（366）

雪晴れし彼方の火力発電所ローマ廃墟の円柱なしたり　（367）

聖堂にかの日のをとめレース長く床(ゆか)に引きゆきしのちをしらずも　（368）

（366）の鹿の鞣革で作られた手ぶくろと藍の遊蝶花の落着きは、（368）の聖堂にてとり行われる挙式の厳粛さと連関をもつ。（367）の「ローマ廃墟」の喩は、（368）の「かの日」という時間の隔たりを引き寄せる。三首が互いに連関をもち、円環をなすように響きあっている。

（368）では「かの日」を引き合いに出しながら「のちをしらずも」としている。長いレースが床に引かれていくさまはその後も参列者の記憶に残り、「かの日」から今日までに経過した時間の長さを感慨深いものとさせる。しかし、「のちをしらずも」と記したことによって「かの日」をもって時間軸が断ち切られて、式の記憶に纏わるその後の時間軸が消されてしまっている。時間軸を巧みに消したことによって「かの日」の場面は空間の中に不安定に置き去りにされたようになるのである。一連の三首をひとつの繋がりをなすものとして読んだときに、「ローマ廃墟」の言葉のもつ乾いた感じは、場面の厳粛さとその後の不安定感に奇妙なほどにふさわしい。
『朱霊』と『ひたくれなゐ』から「廃」という文字の入った作品を抽く。

すでにいづこを向きても真冬廃坑の黒き口よりのみ湯気を吐く
齋藤史『ひたくれなゐ』「冬雷」（123）
うづもれし廃坑の辺に生ふる草わけてさびしき風を遊ばす
「朱黄の羽毛」（158）
廃軌道に残るとんねるの口暗し　夜々そこを出でて我にくる汽車
「無銘」（371）
廃線の軌道に降れる雪しづか　かの枕木の凹凸微か
『朱霊』「灰かぐら」（170）
廃軌道きたれる電車の亡霊はありありと雪の辻を曲りぬ
「幻」（217）

史の（123）（158）は、既に用を供さなくなった坑のその後の歳月を浮き彫りにしている。（123）では三句以下から坑に纏わる重苦しい歴史が感じられ、初句二句の自然の厳しさと拮抗する描写をなしている。寒々とした光景からは生物が息を潜めている冬の気配が伝わる。「すでに」は時の経過を明らかに意識させる言葉である。（158）の「風」は過ぎ去った時を回顧するかのように吹く。「草」と「風」はかつて其処に存在した人の息遣いに思いを及ぼさせる。（371）に描かれたのは「我にくる汽車」である。「夜々」にて反復を表現して、我との関係性が継続を伴うものであることを示す。

妙子の（170）は三句と結句に「しづか」「微か」と、ともに「か」で終わる言葉を据えている。降雪が儚く刻む音と雪に覆われていくさまを、言葉の響きを呼応させることによって印象づけた。（217）は、史の（371）と同様に「廃軌道」を詠む。妙子は「電車の亡霊」という薄気味悪く不確かなものが「雪の辻」という曖昧な場所を曲がってくるにもかかわらず、「ありありと」として状況に不釣合なほど明瞭な描写をなしている。「ありありと」という言葉の明瞭さをもって幻想のうちに立ち上がる像の一回性に賭けているのである。史の意識が継続性に向けられているのとは対照的である。

「廃屋」を詠んだ作品を見てみたい。

大いなる慈悲かもしれず廃屋を厚く覆ひて雪しづもりぬ
『ひたくれなゐ』「耳もて問はむ」（21）

廃屋は朽ちつつありて夕茜雪野美々しく染むるときあり
（22）

廃屋の柱にかかる古時計人去りて幾日きざみて絶えぬ
「信濃弓」（400）

廃屋に小卓ありて卓上古きめがねのつるの立ちゐき
『朱霊』「北辺」（282）

史の（21）、雪が廃屋を優しくいだいている。廃屋を覆っている雪の静まりを、昂る神経の鎮まりのように感じているのである。苦しげな姿にてこの世に在るものを雪が隠してゆくのは神仏の慈悲にも通じるのではないかとしている。（22）では命あるものの末期に向かう光芒を廃屋に重ねている。対象の描写をなすにとどまらず、生の深遠に迫りつつ心情を添わせていく。

史の（400）と妙子の（282）は、双方の関心の向かう先の差異を際立たせている。史は「廃屋」「柱」「古時計」を、妙子は「廃屋」「小卓」「古きめがね」を一首の中に盛り込んでいる。物が置かれている「柱」と「小卓」という場所、そして「古時計」と「古きめがね」という物が、呼応関係をなしているような二首である。「古時計」は過ぎ去った時を思い起こさせるよすがとなるものであり、「古きめがね」は視覚に関係するものであることが興味深い。

本来の用途を断たれたものに史が見ようとしているのは時間の経過である。人が去ったのちにも残された時計は、幾日間かは分からないが動き続けて時を刻んでいた。今は既に止まっている。まず人が去り、時計は動き続け、そして人知れず時計の命は「絶え」た。史が目にしているのは既に止まったあとの時計である。止まったのちの時間の経過を思い起こすことは、齋藤史が最も執着しつづけていることである。

ここでは机の上に置かれた時計ではなく、柱にかかっている時計であることが着目される。史にとって「柱」は、大切な人の命と切り離しては考えられないものなのであろう。柱は磔刑に処せられたキリストの受難を偲ばせ、磔という刑罰そのものを思わせる。

年月を逆撫でゆけば足とどまるかの処刑死の繋ぎ柱に　『ひたくれなゐ』「かげ」（515）

二・二六事件に関わって罰せられた青年将校の一人である栗原安秀は、旭川の北鎮小学校時代の史の同級生であり、その後も交友があった。銃殺刑に処せられた友に寄せる心情は、時の経過とともに薄らぐものではないのであろう。歳月に対する抗いと、時の権力の前で為す術の無かった慟哭の思いが「逆撫で」という言葉には籠もっている。

（400）にて「柱」に時の止まった「古時計」を見つめている史の視線は、（515）にて「年月を逆撫で」ゆく「足」のとどまる地点と重なるのである。

妙子の視線は、かつての居住者が使っていたときのままに小卓の上に置かれためがねの「つる」に向かっている。捨て置かれためがねの「つる」が立っているという描写は、今までそこに居た人が不意に姿を消してしまったような錯覚に陥らせる。廃屋に流れたはずの時間の継続よりも、残されためがねの「つる」が立っているという状態に関心は向かっているのである。三句は通常ならば「卓上に」と五音にするであろう。それを「卓上」と四音にしている。一音律の余白を作り出して、そこの場所への意識の集中を表現している。

妙子は「卓」のようなフラットなものの上に何事かを見出すことがあった。

卓上に塩の壺まろく照りゐたりわが手は憩ふ塩のかたはら　『朱霊』「西冷」（2）

掩布（おほひぬの）掛けし撞球台はみゆ寂（しづ）けき死の位置を示せる如く　「紙霊」（83）

人なき手術台上に漂へりかの水上の城シュノンソオ　「水の城」（179）

（2）、塩は『新約聖書』「マタイによる福音書」の「地の塩」の譬えに見るように、妙子にとって叡智や精神性を表象するものであろう。卓上という最も日常的な場所における「塩」の存在は、妙子に憩いと安らぎを与えるのである。日常の瑣末な用を果たすときにも創作のときにも忙しく使う手を「塩のかたはら」に憩わせて、妙子は自らの内側に深く眼差しを向けている。（83）、撞球台に想像しているのは死体ではなく「死の位置」である。俯瞰的な視線をもって眺め、死という観念的なものの占める場所のようであるとしている。フラットな場所は観念の在り処を妙子に開示しているように思えたのである。二つの場面に共通しているのは動きを伴わない静寂である。

（179）では人の命を救う場所である「手術台上」に、「かの」という雅語的な言葉を冠して「水上の城シュノンソオ」を見ている。

フランスのロワール河流域には多くの城が散在する。シュノンソー城はツール市付近でロワール河に合流するシェル河流域に位置する。シュノンソー城の城館は全部が河中に設けられていることと、この城館を廻ってフランス国王アンリ2世の愛妾と王妃との葛藤があったことで知られている。橋上宮殿の計画がなされたのは、アンリ2世が一五四七年に即位して間もなく、城館を愛妾のディアヌ・ド・ポアチェに贈ってからのことである。ポアチェは当時のフランスにおける第一の建築家であるフィリベール・ド・ロルムに依頼した。それが橋上宮殿の着想となったのである。アンリ2世が一五五九年に没すると、王妃のカトリーヌ・ド・メディシスの権力と地位が一気に上昇する。イタリアのフィレンツェの名門であり大富豪でもあるメディチ家の出身であり、十四歳のとき同年齢のアンリ2世に嫁したが、不幸な生活を送ってきた。しかし、アンリ2世のあと十五歳で即位したフランソワ2世、次いで十歳で即位したシャルル9世の母であったので、王の摂政として活躍した。そして、シェノンソー城館を所有して、ポアチェ時代に橋梁だけで中止されていた橋上宮殿の工事を続行して遂に完成させる。シェノンソー城館に向かって左側の河岸にはディアヌ・ド・ポアチェの庭園が広がり、右側の河岸にはカトリーヌ・ド・メディシスの庭園が設けられている（太田静六『ヨーロッパの古城　城郭の発達とフランスの城』吉川弘文館　一九八九年刊）。

妙子の夫の輝は外科医であった。妙子は手術台の上に「水上の城シュノンソオ」を幻想している。施術される者に不安感を呼び覚ます手術台という場所と、水上の城のもたらす不安定感を結びつけているのである。優美な水上の城には人間のなまなましい愛憎が繰り広げられた。人体にメスが入れられ血が流れる手術台という場所にイメージが重ねられたのである。三句「漂へり」が不穏な気配を醸し出している。

内的空間にて重要な意味をもつものが開示される座標面のような働きを、フラットな場所が果たしているのであろう。

廃屋を覗き込んで、妙子と史は「めがね」と「古時計」を視界に捉えている。壁によって建物の内部と外部はいまだに仕切られているとしても、用途を失った廃屋に内外の区別はもはや意味をなさない。外界に対して無防備に晒された内心にも似た廃屋の「卓上」に、「柱」に、妙子と史は自分という存在の核心を語る対象を見出したのである。

「廃墟」「廃軌道」「廃屋」といった「廃」の文字を含む言葉は殺伐とした乾いた語感をもつが、妙子も史も失われつつあるもの、朽ちゆくものの中に、自分にとって大切なものの所在を感じていたものと思われる。それらは二人の内的空間に深い色味をもった影を落としていたのである。

鳥と人物

一九六六（昭和41）年に妙子は北海道を旅していて、のちに「北辺」を成している。この旅にて妙子は網走刑務所を訪れている。

網走刑務所は一八九〇（明治23）年に竣工し、翌年六月に釧路集治監網走分監、七月に北海道集治監網走分監と改称された。一九二二（大正11）年に監獄は刑務所と改称される。二四（大正13）年までにレンガ塀と表門を竣成した。三四（昭和9）年には治安維持法違反により徳田球一らが、四四（昭和19）年にはゾルゲ事件のブランコ・ブーケリッジらが収容される。

寝台にまさやかなる目ひらきつつわがみたり大鴉、小鴉のむれ
葛原妙子『朱霊』「北辺」（300）
カラスは薄明の湖上を飛翔せり音なきごとく音あるごとく（301）
熟瓜割くごとく背（うしろ）より、といへる比喩古書（ふるふみ）にあり　おもはざらめや（306）
大き目をみはりをれどもさびしあな囚庭に入り心戦かず（307）

氷華ふさふさと獄窓をとざしたりすなはち思想、犯罪たりし時　（310）
東方の賢者（マギ）のごとくにひと夜独房にめひらきし囚なかりしや　（311）

（300）には刑務所の建物を訪れる前の不穏な心持が表れている。寝台にいる妙子には動きが無い。肉身よりも「まさやかなる目」が濃厚な存在感を示す。寝台の上の身体は静かに朝の気配の中に隠れてゆき、妙子自身が「目」のみの存在となってしまったかのようである。見開く視線の先には、智者の相貌すら感じさせつつも不気味なまでの鴉が多数認められる。こうした「目」の強調は心眼の働きを思わせる。

（301）、「薄明の湖上」は人の手の及ばない崇高な空間のようである。そして人知をもっては捉えがたい性質が鴉にはあることを綴る。

吉田司は『カラスと髑髏　世界史の「闇」のとびらを開く』（東海教育研究所　二〇一一年刊）にて、カラスのもつ両義性を指摘している。

風葬は「ケガレ」とされる死体をはやく風化消滅させて、霊魂だけをまつろうとする宗教意識から出たとされるが、おかげで死体に集まって汚れ（不浄）を掃除処理するカラスは、〝死を呼ぶ不吉な鳥〟になる。しかしその一方、死者を食べケガレを清掃・浄化するのだから〝聖なる霊鳥〟（神のお使い）ともみられる。両義性を持つ鳥類なのである。

食性と生態に着目して「不吉」と「聖」という相反する意味づけをカラスに与えているのだと言う。
（３０１）、下の句の「音なきごとく音あるごとく」という有無のみを入れ替えた言葉の繰り返しは、「不吉」と「聖」という対極的な観念を語っているに等しい。妙子の「まさやかなる目」は鴉の両義性を直観する。
（３０６）に詠まれた「熟瓜」については『古事記』「中巻」に次の記述がある。

是の事白し訖へつれば、即ち熟苽（ほぞち）の如（ごと）振り折（た）ちて殺したまひき。

小碓命が父である景行天皇の命にて熊曾建の討伐をする場面であるが、兄熊曾建の胸を剣にて刺し通したのち、弟建の尻より剣を刺し通す。弟建は「其の刀（たち）をな動かしたまひそ。僕（われ）白言（まを）すこと有り」と懇願し、小碓命の武勇を崇敬して倭建御子と称えると申し上げる。
（３０６）は結句の前を一字空けて、伝承の中の人の心と静かに交わし合っているようである。エロスと冷めた魂が拮抗する重厚な場面が描き出された。
（３０７）では「さびしあな」と大仰に嘆息する。それは「心戦かず」という自身に向けられたものである。攪乱する感覚を欲したのであろうか。しかし、それは叶わなかった。「まさやかなる目」の持主である妙子の心の、魂の、冴え冴えと冷えた感覚に、「北辺」の一連は統べられている。自らを「大き目」と表すあたりに自意識の強さを感じさせる。

（３１０）は思想をいだくことが裁かれた時代を詠む。上の句は思想犯とされた人々の内心に繰り広げられた格闘の凄まじさを、怜悧にして絢爛な形容にて表している。（３１１）、「東方の賢者（マギ）」のように緊張の表情をもってひと夜独房に目を覚ましていた囚人がいたのではあるまいかと想像している。（３００）の「目ひらきつつ」在る我と「めひらきし」囚人とを一連の中で呼応させている。

「北辺」の一連には更に、「バヴァリヤの廃王ルウドウィヒ」が登場する。廃王は「火山」の一連にても詠み込まれている。先ず「火山」に詠まれた歌を見てみたい。

「火山」三十八首は富士を詠んだ一連である。この一連に詠まれた富士は、

　富士はいまぼろぼろなれば絶えまなくいづこにか石まろびつつあり

　　　　　　　　　　　　　　　　　　　『朱霊』「火山」（１５２）

に見るように、開発により変容を余儀なくされた姿を晒す。

川野里子は『幻想の重量――葛原妙子の戦後短歌』（本阿弥書店　二〇〇九年刊）にて、「火山」の一連における妙子の創作の核心に迫っている。

ワーグナーに心酔しながら裏切られた経緯、美に溺れ、美のために滅んだこの若き王は、美にこそ歌の価値を見いだそうとしていた葛原にとって特別な対象であった。美に尽くし裏切

られ美のために滅びることは、心密かに願うところであったろう。「黄金は鬱たる奢り」とは王の孤独と誇りを語る。この「黄金」こそ現世の全てをうち捨てて美を求めた王の生の証しであろう。それは同時に大きな欠落であり魂の渇きであり喘ぎでもあった。富士の一連に一見唐突に置かれたこの一首は、ここに欠くべからざる歌である。それは葛原自身の美学の象徴であり、同時に美の象徴であり続けた富士の姿にも重なる。ルートヴィヒの魂の飢餓は、今葛原が対面している富士が誇りとともに晒す飢餓の風景と重なるのだ。

川野は、妙子が富士の「飢餓の風景」と王の「魂の飢餓」を重ねていると指摘する。富士の現実の姿にルートヴィヒ王の苦悩を重ねることで、妙子は富士に迫ることができたということであろう。

「火山」の一連から廃王の詠まれている歌を、その前後を含めて抽く。

ありありと富士の電光とたたかひし落葉松(からまつ)は黄金(わうごん)に澄みたり　『朱霊』「火山」（136）

わが指に一本の煙草　富士山のうすき空気に火は燃えながら（137）

黄金(わうごん)は鬱たる奢りうら若き廃王は黄金の部屋に棲みにき（138）

金の部屋銀の部屋さびしくあらめ　あをく澄みたる鏡の部屋も（139）

廃疾の王とおもはばかの暗き水面のごとこころ揺らがむ（140）

山腹に小火口あまた穿ちをれど天つ日のもと火口に火なき（141）

（１３６）の富士の落葉松の色調の「黄金（わうごん）」が、（１３８）（１３９）の「うら若き廃王」の部屋の「黄金（わうごん）」へと導いてゆく。（１３７）では「一本の煙草」という嗜好品から、王が究極の嗜好を尽くしてつくり上げた空間を眼前に引き寄せる。煙草は「わが指」に在る。「わが指」に在るという感覚は、「廃王」に纏わる空間が創出され、対象が内在化していく過程を詳らかに示している。

「うら若き廃王」「廃疾の王」は、バイエルンの国王ルートヴィヒⅡ世であろう。一八六四年、十八歳にて即位している。精神に異常をきたしたともされており、一八八六年六月十二日にシュタルンベルク湖畔のベルク城に移される。その翌日、シュタルンベルク湖の浅瀬に水死体として発見された。四十歳であった。（１４０）、廃疾の王であると思うと、王の水死体が浮かんでいた「暗き水面のごと」心は動揺するであろうとしている。二句にて「王とおもはば」と仮定の順接条件を示す「ば」を用いて、結句にて「こころ揺らがむ」と推量にとどめている。「おもへば」と確定条件を示す「ば」を用いているのであれば王への感情移入は明らかであるが、あくまでも客観的な視点を保つことに執している。富士という対象を内在化するために廃王は妙子の意識の中に置かれているのである。

（１４１）では再び現実の富士の姿に視線は向かう。（１３７）の煙草の「火」が妙子の内心に果たす意味は大きい。（１４１）にて火口の火の非在を語る前に、（１３７）にて煙草の火をもって在をつくり出しているという周到さに瞠目させられる。

（138）（139）（140）の廃王と廃王に纏わる空間は、（136）の落葉松の「黄金（わうごん）」と（137）の「一本の煙草」を導入として創出された。この空間の創出は富士と富士に纏わる空間を実感し、内在化させるために必要な手法であった。眼前の空間に別の空間を入り込ませることによって、空間は独自の色合いを帯びる。二つの色が混じりあって異なる色が生まれるように、質の異なる空間が生じるのである。眼前の空間は妙子にとって飛躍的な意味の深化を遂げる。或る空間の創出によって眼前の具象は、妙子の内心にて充分に咀嚼され、実感は確かなものとなる。

「北辺」の一連にて廃王を詠み込んだ歌を、やはりその前後の歌とともに抽く。

白き樹の白樺こぞりて揺るるなり冷たき藍（らん）の空をまじへて　『朱霊』「北辺」（315）
バヴァリヤの廃王ルウドウィヒ嵌りたる湖水の緯度にちかづくわれは（316）
塩の起原謎なるとき塩のうみサロマは暗き双眼にあり（317）
不可解のものにしありや水中に身を没しゆくつめたき奢り（318）
湿原は湖（うみ）に溶け入るかすかなる草の尖端のみをのこして（319）

「火山」の一連では落葉松の「黄金（わうごん）」が象徴的な色として働いていた。「北辺」では（315）に見るように、白樺の「白」と空の「藍（らん）」がその働きを担う。
（317）に詠まれたサロマ湖は、潟湖であり砂丘状砂州によってオホーツク海と仕切られている。最大深度は十九・六メートルである。サロマを目の前にしたとき、湖に没していった王の華麗と退廃の奥に在る、魂の冷えに思い及んだのであろう。廃王と廃王に纏わる空間は、自然な流れをもって一連に挿入されている。（３１６）に見るように地理的な要素が効いているということもある。

（３１７）では「塩の起原」を謎として、（３１８）の廃王の死の不可解を印象づける。廃王の死は光と影の一瞬にして最後の体現である。それを「つめたき奢り」と把握する。（３１９）のかすかに残る「草の尖端」は膨大なる喪失の量と廃王の肉体を推測させる。

「火山」の一連におけるよりも「北辺」の一連には、より自然な流れのうちに廃王と廃王に纏わる空間が加わる。それによって旅の空間は濃密にして特異なものとなる。

『朱霊』「北辺」の鴉は叡智を感じさせる両義性を示していた。『ひたくれなゐ』にて鳥は冬の〈餌食〉として粗雑な姿を曝す。

侮（あなど）ることはたのしく嬲（なぶ）ることうれしく　鳥等囮を囲りてはしやぐ

齋藤史『ひたくれなゐ』「鳥田楽」（３１５）

世を覆（くつがへ）す謀議にも似て隠密に若者ら汗ばむ額（ぬか）集めたり（３１７）

鳥狩　ひしひしとして謀るときたかぶりは霜のごと尖りゆく（３１８）

なりゆきを予知してゐるは囮梟（をとりどり）か昼を見えざる眼をみひらきて（３１９）

神は山に帰りしあとの田の罠に喉かぎり叫ぶくろき鳥の群（３２１）

たましひの焦げる夕陽にをののきは無数のくろき羽なして散る　（325）
汚れたる根雪の上にまた降る雪・不覚かさねて生きてゆくべき　（326）
なにゆゑにうしろ振向くふりむきてとりかへしのつく年齢は過ぎたり　（327）

「鳥田楽」の一連には、「――といふ食物あり。冬の田に梟を囮として繋ぐに、鳥等群れてそれを揶揄し騒ぐ。人すなはち鳥を捕へ、骨も肉も叩きて煮る。その味、美味ならぬこと定説なり。あるいは、信濃の地、冬貧しきゆゑに食ひしなり――と」という詞書が付されている。

信濃の冬の食糧事情を語るとともに、生き物の生態、人間の生態までも抉りだしている。囮の梟が諦観する智者の面持ちをもつのに比して、鳥を浅知恵の愚者として描く。囮と獲物に振り分けられている二種類の鳥の生態に、人間のおどろおどろしいまでの愛憎劇を重ねていると見てもよいであろう。眼にした対象から人間の本性に通じるものを見ているのである。対象を執拗に追い描写していくことによって、生きるということに付きまとうあくどさ、辛辣な側面を暴いている。

（315）は既に自由を失っている「梟」がまだ自由の身にある「鳥」を陥れて、自分を含む敗者の側に引き入れようとするあざとさを描く。（317）の「汗ばむ額」、（318）の「霜のごと尖りゆく」昂りを、史は見逃さない。妙子の「北辺」に見るような別の空間を現出させることなく、山国の冬の習俗に固執することによって生の暗部を照らし出している。
（319）の「見えざる眼」は見なくても許される目であり、（321）は神不在の場で為される暴虐なのである。（３２５）、「焦げる」「をののき」「くろき」のカ行音が強く圧しくる。

一連十四首中、囮である梟と狩られる鳥、人間の生態を十二首にわたって詠み、最後の二首（３２６）（３２７）にては自身に言い聞かせるようにして自戒の意味も含めて述べている。対象を身に引き寄せて人生の感懐を引き出していく、史の手法が印象的な一連である。

妙子の「北辺」の一連は旅という非日常的な空間から歌を立ち上げている。鴉は聖と俗という対極的な概念を担う。一連には「東方の賢者（マギ）」「ルウドウィヒ」が登場し、小碓命を思わせる表現がなされている。一連の創り出す空間には旅をする妙子の肉体よりも、激しく働く意識が色濃く感じられる。

史の「鳥田楽」の一連は信濃という地で暮らす人間と鳥との格闘を執拗に描き出す。史は観察者の立場に自身を置くが、場面において史の肉体が確かに存在し息遣いが伝わってくる。そこに暮らす人間の生態そのものを是非もないこととして描いている視線は、人間存在の根の部分にまで及んでいる。山国での暮らしに根差した意識が史に濃密な身体性をもたらしているのである。

死者のいる場所

水底に人は死後の世界を見たがるのであろうか。

橘外男の小説「人を呼ぶ湖」（『橘外男ワンダーランド　怪談・心霊篇』中央書院　一九九六年刊）には、湖に捕らわれるようにして亡くなり湖底に沈む死者の群れが描かれている。場所は東チロルの山の湖。土地の人の制止にも耳を貸さず令嬢と兄、友人は従者を連れて四人にて湖に向かう。令嬢は土地の人の案じていた通り、楽の音に誘われて湖に姿を消してしまう。大富豪の父親は湖の水をすべて抜きさるという途方もない計画を実行に移し、娘の遺体を引き上げようとする。湖底にはいくつとも知れぬ遺体が沈んでいて、みな生きていたときと同じような秀麗さを保っていた。令嬢は引き上げようとすると立ちどころに白骨化してしまう。湖水の中は現世の人間の力の及ばない異界だったのである。

湖は一人の人間、一つの遺体を底に納めるだけでは物足りないかのように次々と人を吸い込んでいくのであった。

湖は多くの死体を容（い）れてなほ充足（み）たず空に向けそしらぬ眼を開け放す

齋藤史『ひたくれなゐ』「黄落のとき」（612）

史の（612）は山国の晩秋から冬にかけて詠んだ一連にある。「充足（み）たず」という表現には史自身の不充足感が垣間見える。湖はあたかも意志をもっているかのようであり、多くの命を沈めながら「そしらぬ眼」と無垢を装い、無関心を決め込む。多くの死体を容れてなお充足を示さずに眼を見開くさまは、橘外男の小説の舞台となった湖にも通じる様相を呈している。

水底に朽ちたる木の葉にとどくさまおもむろにして春の落葉（らくえふ）

葛原妙子『朱霊』「水明」（222）

南風の夜の月明水中に沈める死者は椅子に居りにき

（224）

やさしき樹のおくりものにて水底にとどく木の実の赤きいく粒

『ひたくれなゐ』「山湖周辺」（7）

かの水死者の髪なぐさめて赤き実のかざられしのち結氷期来る

（8）

妙子の（222）は今まさに枝から離れた落葉と既に水底に朽ちている葉との関係を柔らかな筆致にて語り、二つのものの優しく触れ合うさまを描き出す。（224）では月明に照らされた水底に想像は及ぶ。水底には死者が魂を委ねるための「椅子」を配している。魂の邂逅とでも言うような穏やかにして厳かな場面であり、自身の心情は場面の奥へと深く沈潜させている。

史の（7）においても妙子の（222）と同様に水底に「とどく」さまを描くが、大きく異なるのは「やさしき樹のおくりものにて」と場面に意味づけを与えている点である。（8）では「なぐさめて」という表現に史の心情が溢れている。「かの」「髪」「赤き」「かざられし」「結氷期来る」のカ行音の尖りが心に引っかかる。氷に閉ざされていく湖が、消しがたいわだかまりの所在を告げているようである。場面には自身の心情が滲み対象への心寄せが感じられる。

妙子の「水明」と史の「山湖周辺」にはいずれも「死者」が詠み込まれているが、史の「死者」が実際の水死者であるのに対して、妙子の「死者」は想像もしくは記憶の中の存在を思わせる。

一連の作品を挙げてみる。

かひこはかのつめたささを得しならむ絶えざるかすけき仮睡（まどろみ）により　『朱霊』「水明」（221）
月に向くちひさき木菟（づく）のマントオの羽毛は徐々にふくらみはじむ　（225）
泥に沈む黒曜剝片小刀（ブレード）の何の皮肉を裂きしや知らず　『ひたくれなゐ』「山湖周辺」（6）
冬天（ふゆぞら）の樹の逆光にゐる鳥も寄生木らも痩せて光れり　（11）

妙子の（221）（225）では、「つめたさ」を得たであろうという想像や「マントオの羽毛」という把握を中心とする。史の（6）、「皮肉」は生き物の皮や肉を指す。そこに皮肉という言葉のもつ、うわべや表面、骨身にこたえるような鋭い非難、あてこすり、物事が予想や期待に相違した結果になること、といった他の意味が重なって、そこに生きた人間の生の実態が現れてくる。（11）、鳥も植物も冬の厳しい環境に痩せ細りながらも逆光の中で存在感を示す。妙子の「水明」の一連が自身の感覚を中心に置いているのに対して、史の「山湖周辺」の一連には山国の生の実態がある。その特徴は双方の一連における死者の与える印象の違いともなって表れている。

死を享けしひとびとのむれ油塗りし小さき足を虚空に垂れしか
　　　　　　　　　　　　　　　　　　　　『朱霊』「地上・天空」（657）

足裏（あなうら）よりしだいに焼かれ火炙（ひあぶり）の全き死者となるまでの日日
　　　　　　　　　　　　　　　　　　　　『ひたくれなゐ』「濃むらさき」（593）

死の足を見たりしかな扁平にしてものやはらかく歩めり
　　　　　　　　　　　　　　　　　　　　「ひたくれなゐ」（700）

「死」と「足」が一首に詠み込まれている。

妙子の（657）、「死を享けし」とある。「享」の文字が従容として死に就いた殉教者のようにも思わせる。妙子は一九六九（昭和44）年にヨーロッパを旅している。その際の作品を

「地上・天空」として発表している。「ひとびとのむれ」は、中世のペスト禍による夥しい数の死者を指すのであろう。「虚空」にはまるで果実が樹に実っているように夥しい数の「小さき足」が垂れているのである。遠い時代の人々の死の悲惨を神話の中のことでもあるかのような静けさをもって描く。

史の（593）は足裏から火炙にされるとある。大地に垂直に立てられた柱に結びつけられて火炙にされるのである。「しだいに」から「全き死者」となるまでの時間の経過が生きるということであるとしたら、何と凄絶な時間であろうか。「なりしまでの日日」ではない。「なるまでの日日」に表れているのは現在に関わる時間なのである。過去として片付けられることではない。

（700）にて史が目にしたのは死者の足ではなく、「死の足」でありその歩みである。死を告げに来る者の足であろうか。あるいは死という観念そのものへの近接を表しているとも考えられる。「扁平にしてものやはらかく」は気づかぬうちに近づいてくる死なるもののしたたかさを表してもいる。そして常に他者の死が自身の傍らにあること、近しい人の死の傍らを史自身が伴走していることを示す。

妙子の（657）にては「ひとびとのむれ」は従順そのものの姿で足を垂れているのみである。「死を享けし」という受動的な立場にある人々が自らの意志によって動くことはない。史の（700）にては「死の足」は歩む。何ものかに近づく、あるいは何かから遠ざかるという能動性を有する。

寸法の狂ひし箱にをさめおく手に入れしわが死亡診断書
『ひたくれなゐ』「朱竹」（345）
あこがれて語れば死さへ未来にて解き放たるる機会のごとし
（356）
死後のわがよき旅のため印しおくタクラマカン砂漠の地下湖を
「虚空」（421）

（345）の「寸法の狂ひし箱」は自分に相応しい生を全うしてこなかったのではないかというひそかな疑念を示すものではないか。（356）では死とは解放の機会を得ることであるという。死によってやっと自由に解き放たれる生の息苦しさとはいかばかりのものであろうか。「あこがれて語れば」は、既にこの世に亡き人々への長い歳月を通じての思いの集積が生み出した言葉である。

母と夫の介護に追われていた当時、容易に旅に出かけられるものではなかった。そのような日々にあって、史は「死後のわがよき旅」を夢想していたのである。

新疆ウイグル自治区の東南部にはロブノールが存在した。ロブノールはタクラマカン砂漠東端、タリム川末端の湖の名称である。流入河川の変動などによって湖面が伸縮移動したことが所在に関する論争の原因となり、〈さまよえる湖〉と言われた。現在では湖自体は消滅している。この地域は大気圏と地下にて中国の核実験がなされてきた。

（421）に詠まれた「地下湖」は視界から隠れたところにある。心の奥にて反芻する思いに通じる性質を見出しているのであろう。そこは史にとって魂の帰り着く場所だったのである。「印しおく」は土地になされた刻印のようにも思われる言葉である。（421）がつくられたのは一九七二（昭和47）年。この歌に核実験への批判を読みとるのは深読みしすぎであろう。しかし、当時の国際情勢を読み手に意識させる一首である。

かつて史は、

はるかなる天山南路こえてくるあれは同族かいまだに呼べり

齋藤史『うたのゆくへ』「忘却の河」

と詠み、かの地への親近の情を明かしている。

死は絶えて忌むべきものにあらざるも　死の悪臭は忌むにあまるべし

『朱霊』「紙霊」（89）

レモンを搾りひしひしと搾り死者の憂ひにこたへむとする

「木組み」（352）

（89）、死は従容として迎えてしかるべきであるとしている。しかし、死体の放つ悪臭については強い禁忌を示して封じなければならないとする。感覚器を通して感じられる死の実態は観念的な死を遥かに凌駕する脅威をもって妙子に迫りくる。その実体に妙子はひたすら恐怖を感じていたのである。妙子にとって観念とは自在に手なずけることのできるものであり、実体とは手に負いがたい相手であった。（352）にてレモンを搾るのは「死者の憂ひ」に応えるためとしている。「ひしひしと」というオノマトペには切実な思いが籠もる。死臭を思うときレモンを搾るという行為は自身の憂いに応えるためにも必要とされたのではないか。

ヴェネツィア湾にただよふ美しき墓の島サンミケーレの白き墓域見ゆ
『朱霊』「地上・天空」（673）

死者を島に渡すことよき　死にし者なにものかにわたすことよき
（674）

ヴェネツィア湾に浮かぶサン・ミケーレ島は天使の名をもつ島である。十九世紀の初頭のヴェネツィアでは満潮時になると海水が町のあらゆる所に侵入することがあった。道や家だけでなく教会や墓穴や石棺の中まで水が入りこんでいたのである。水が引いたあとも漂う悪臭のせいで教会が閉鎖されることもしばしばであった。水槽に遺体を沈めたような状態のものまであったという。一八〇七年にヴェネツィアを訪れたナポレオンは、町の建造物の素晴らしさに感動するとともに、死臭の漂う様子に落胆したとされる。ナポレオンによって公共墓地の候補地と予算額がヴェネツィア市当局に言い渡された。そして、郊外型共同墓地の建設が始まったのである。それがサン・ミケーレ島の墓地であった（『イタリア文化事典』丸善出版　二〇一一年刊）。（673）は現在という時を生きる人間の生活から断ち切られたところに存在する島の外観と性質に触れている。（674）では死者に対する扱いが洗練された形態であると見なしている。二句と三句の間を一字空けて、三句以下にて初句二句の言葉を入れ替えることによって、もう一度念を押すようにして言っている。「島」という限定的な場所を「なにものか」としたことによって、死者は生者からより遠ざかる。特定の「死者」は不特定の「死にし者」となるのである。「なにものか」に渡すことによって生者は死者から隔絶される。それを「よき」と見なしている。混沌や雑然としたものを忌む妙子の気質が見てとれる。

死者に纏わる思い出は生者の記憶の中に場所を占める。しかし、死者を思うことは死者がこの世に残した思いを死者に代わって負い続けることを必ずしも意味しない。死という現象を境界として死者が生者と異なる空間に画然と移されるという処理の仕方を、妙子はよしとしたのである。

像

妙子は亡くなる五か月ほど前の一九八五（昭和60）年四月十二日に受洗している。七十八歳のときのことであり、洗礼名はマリア・フランシスカである。

七〇（昭和45）年、六十三歳にて『朱霊』を刊行する当時は、「後記」に「…私の血をわけた者達の大半はカトリック信者である。だが私はキリストやカトリックの世界に少からぬ関心をもつてゐるにもかかはらず、いまもつてそれへの帰依はないのである」と記している。キリスト教に対しては文化的、思想的な面からのアプローチを果たすものの、信仰によるものではないことを文章の中で明かしている。

『朱霊』においては神や、神に纏わるものをどのように詠んでいたのか。

さびしあな神は虚空の右よりにあらはるるとふかき消ゆるとふ

葛原妙子『朱霊』「あらはるるとふ」（２０１）

ゴキブリは天にもをりと思へる夜　神よつめたき手を貸したまへ

「虚白」（５６８）

神の空間より剝離せし金と銀、モザイックは夜の闇に流れいづ　「地上・天空」（667）

創生の秘密を漠とおもはしめキリストの胸に乳二つある　「青檻褸」（681）

（201）では初句の「さびしあな」に籠もるあえかな息遣いが、二句以下の伝聞を総身に受けとめようとする心の内を伝えていて印象深い。下の句における出現と消失を表した対句は、もののなべてがとどまることなく流動、変化を経てやがて消滅という一点に向かっていくことへの不安とも諦観ともつかぬ思いを浮かび上がらせる。

ゴキブリを詠んだ（568）の二首前には次の歌がある。

億年の化石にもゐる油虫夜涼の天井に貼りつきてをり　『朱霊』「虚白」（566）

油虫が貼りついていた「天井」から、同音の言葉である「天上」が意識され、（568）の「天にもをりと」という表現が導き出されてきたのである。神への呼びかけが「つめたき手を貸したまへ」であることは、当時の妙子の内部における神と我との距離感を示す告白のように思われる。

（667）の「金と銀」は「神の空間」にとどまることができずに剝離してしまった。そしてまことに世俗的な空間に「流れいづ」。この流出をとどめることは誰にもできない。ただ見つめることしかできないのである。ここに表れているのは妙子の平穏ならざる心そのものである。

（681）は官能の匂いを漂わせた歌である。キリストの胸乳は満たされない精神の渇仰を表している。精神的な交感を欲して叶わない虚無が、「漠とおもはしめ」には込められている。

天使像、天使を詠んだ作品を抽く。

石塊を抉り刻める天使像直陽（ちよくやう）のもとまなこをうしなふ　『朱霊』「天使No.I」（258）

双眼のふかく盲ひたる石天使（せきてんし）劃然と移る西日に立てり　（259）

天使は不図おそろしき顔をしたり柱の陰よりこちらを向きて　（263）

（258）では天使の石像を太陽光をまともに受けて視力を失った姿と見ている。「抉り刻める」鑿の刃先は心の内側へと向けられたものであるかのように切迫感を煽る。（259）の天使像は盲目の姿を西日に晒す。その潔さは妙子の畏怖を炙り出す。盲目の描写を「ふかく盲ひたる」としている。見えない目で内なる心を見極めているのである。（263）では柱の陰からこちらを見る表情に恐ろしさを感じてたじろぐ妙子の姿がある。「不図」という副詞に着目される。妙子が偶然それと気づいた瞬間に天使は表情を変えて、妙子に向かって「おそろしき顔」をしたのだと言う。妙子に向けられた悪意があるかのように意図的に捉えている。

同じ「天使No.I」の一連に次の歌群がある。

いづかたよりきたりしものぞ熟麦の黒き穂立は眸に戦ぐ　『朱霊』「天使No.I」（252）

老医師がわが眼底をのぞきつつつぶやきたることば短し　（２５４）
両眼をとぢておもへばすなはち盲目とは密雲の如きか　（２５７）

妙子は当時、目に不安をかかえていた。六五（昭和40）年には東大小石川分院にて眼疾の診察を受けている。『朱霊』の「後記」には「この七年間のある時期に私は健康に不調を覚え、それはこの集の目次の上で云へば『天使』の項目あたりから次の項目『熨斗』にかけてつづいたのであった」とも述べている。「不調」には目の不安が含まれていたと思われる。（２５２）に見るように不安はどこからきたものか分からないとしている。だが、「熟麦の黒き穂立」という形状を伴って確かに妙子を苦しめている。（２５４）では実体験を綴る。医師の呟いた言葉が何であるのか、気になるところである。「老医師」と表したことで、顔や手の皺、表情、呟く声音まで読み手は連想する。それが病の具体も想像させるのである。（２５７）では仮にも盲目の状態を思い描いてみるというところまで不安が募っている。そのとき心身に押し寄せてくるイメージを、厚く重なっている雲である「密雲」として捉えるほどに不安が妙子を苛んでいた。不安は『朱霊』において妙子がしばしばあらわにする感情であった。

わが椅子の背中にとまる白天使（はくてんし）汝友好ならざる者よ　『朱霊』「天使No.Ⅳ」（４５０）
天使まざと鳥の羽搏きするなればふと腋臭のごときは漂ふ　（４５１）

（450）、妙子が坐っている椅子の背中にとまっているのであるから、「白天使（はくてんし）」との距離は手に触れて息がかかるほどに近い。しかし、心の距離は限りなく遠い。「汝友好ならざる者よ」と、妙子の方から拒絶を示す。（451）では羽搏きをしたときに腋臭のような異臭がしたと言う。至純なる天使のイメージを貶めるような喩を用いるほどに懼れを覚えていたのである。

天使像、天使は妙子の目には友好的な表情を見せない。天使像を詠んだ歌群からは不安に押しつぶされそうになりながら軋む心が読みとれる。妙子と天使像との間に存在する確執は、妙子の内心に起因するものである。神の使者として神意を人間に伝えて人間を守護する存在とされる天使の像を見る妙子のわだかまりは、機の熟さない事を抱えている人の心の揺らぎによるものであろう。

（681）に託されている神への慕わしさと、（263）（450）に見られる軋みやわだかまり。双方の底流には憧憬をいだいている対象への、憧憬ゆえの戸惑いやためらいが、薄い箔のように震えながら存在していたのではないか。神のいます空間から地上へともたらされた（667）の「金と銀」は、ためらう心の震えを表してもいる。神を思うとき、感情の揺らぎから妙子は逃れられずにいた。我の側から神へと向けられるものが愛であるのか否か、確信がもてずに苦悩していたのではないか。心の中に存する距離感をこのままにしておくのか、変化させようとしているのか、逡巡や躊躇が交錯していたのである。

信仰はある宗教に関する意識的側面を指すものであるが、畏怖よりも親和の情から生じるものであるとされる。当時の妙子には畏怖の情が勝っていたのであろう。（201）の「あらはている。

るるとふかき消ゆるとふ」という伝聞の形には、神を冀いつつもなお距離を置く心が表現され

史の歌に詠まれた像は信濃の風土の中から絞り出されるようにして生まれてきた土俗神であり、精神性よりも今日を生き抜くための実利的な願いを託されてきた像である。

信濃路に霧ふ秋ぎり朝夕霧土俗の神らしづまりましぬ　齋藤史『ひたくれなゐ』「修那羅峠」(275)
蚕神　ねずみをやらふ猫神とまつられたまひ直立つ猫の殿　(279)
秋不作くるしすべなし逃れたし南無通用金神と刻みたりけり　(280)
咳霊神　痰護明神　癪明神　ねがへる数の苦を人は持つ　(283)
何聞きて耳とがりたるけもの神言葉吐かねば口裂けにつつ　(291)
崩えぼとけただの石くれとなりてゆく窪みの上に霰たまるも　(303)
石神の背後はくらき闇なれば口への字にて告白もせず　(305)

「修那羅峠」の一連は三十九首から成り、「信州東筑摩郡修那羅峠に、土地人の刻める小さき石の像、石のほこら、かつては千二百体あまりありき。ぬすまれて今は、八百体あまり――」と詞書が付されている。

(279)のように生き物は言うまでもなく、(283)のように咳や痰、癇癪までも神とし

て形をもたせている。（280）、人の心はあくまでも実利を願う。人の苦しみの実にさまざまであることを思わせるとともに、渇望には限りのないことを知らされる。祈る間だけでも心が軽くなるならば、形をもたせる甲斐はある。こうした諸々の土俗神を歌にしてしまう史は、混沌極まりない状況すら自分の中に混在させてしまう力をもった人であると言えよう。並外れた生命の力をもっているゆえ、信濃の風土に深く根を下ろす生き方を貫くことができたのである。（275）は一連の冒頭に置かれている。二句から三句にかけて韻を踏んだ言葉の連続をもって、信濃の風土に丁重に挨拶している。（291）の「けもの神」の形状は哀訴や呪詛のたぐいの一切を身に収めるゆえの姿であり、（305）の「石神」の背後にあるのは人間の心の集積した「闇」である。（303）に見る歳月の茫漠も闇という空間へと吸収されてしまう。存在から非在へと向かう意識が、時間から空間への転換をごく自然になしている。

この一連にて史は、

山坂を髪乱れつつ来しからにわれも信濃の願人（ぐわんにん）の姥

『ひたくれなゐ』「修那羅峠」（286）

の感懐を得る。起伏のある山坂をやって来る体にはダイナミックな動きの激しさが伴うが、精神は直線的にこの場所に向かっている。「われも」として風土に和していこうとする心情を垣間見せる。頑なに閉ざされた感のある山国の風土に違和を感じて、精神的に距離を保って観察者の視線を送ってはいたが、その風土に身を置くことでやがては此処に朽ちてゆくという自覚を確かなものとしていったのである。（２８６）に見られる体の動きは心と不可分のものであり、史の精神を風土に深く分け入らせることを可能としていった。

妙子の天使像にみる表情の険しさは、文化的、思想的に近接を試みながらも信仰とは隔たりを置く自身の内面の証左である。史の土俗神の像にみる形の捩れや朽ちゆく姿は、生の猥雑な側面を自ずと語るものとなっていて、山国での暮らしや慣わしの奥処に触れていったことが示されている。

朱とむらさき

むらさきは艶と翳りを湛えた色である。

踏みしだく花のむらさきたちまちに過ぎぬ中年といふときもまた
齋藤史『ひたくれなゐ』「濃むらさき」（５９０）

「花のむらさき」とあるのは葛であろうか。葛は山野に多く、秋に葉腋に花穂をつけ紫紅色の蝶形花を総状に咲かせる。

葛の花　踏みしだかれて、色あたらし。この山道を行きし人あり
釋迢空『海やまのあひだ』「島山」

釋迢空の歌の、時の彼方から長くひかりを引くような余韻が、史の（５９０）を読んだとき

に葛の花を浮かび上がらせる。

釋迢空の歌では「葛の花」は山道を歩いていった先行の誰かによって「踏みしだかれて、」いる。作者の息遣い、先行の見知らぬ他者の息遣いをかそけく感じさせ、葛の花の深みのある色を通して、先行者に対する心情が仄かに漂ってくる。「踏みしだかれて、」の受身の形が花と先行者、そして作者の間に横たわる時間の経過、互いにいかんとも手出しのできない運命性を感じさせるのである。

史の（590）では「踏みしだく」主体は自身である。月日が無為に過ぎていくことを恐れ、時間の経過とともに記憶が薄れてしまいかねないことに抗う行為こそ「踏みしだく」なのであり、そこには焦燥感が漂う。描かれているのは個人的な感情であり、不安である。（590）を詠んだ一九七四（昭和49）年当時、史は夫と母の介護に追われて肉体と精神の疲弊に苦しんでいた。年齢は六十代の半ばに差しかかり中年期の過ぎてゆくことをひしひしと感じていたのである。「たちまちに過ぎぬ」と身に沁みて知るゆえに、荒々しい動作を経ることによって意識を停滞させずに前に進めようとしている。

（590）の後には次の歌が置かれている。

ちりぬるをちりぬるを　とぞつぶやけば過ぎにしかげの顕ち揺ぐなり

『ひたくれなゐ』「濃むらさき」（591）

低く重い響きを伴った「ちりぬるを」という言葉を初句二句に用いて、「いろは歌」に漂う無常観を呼び込んでいる。上の句の十七音の平仮名表記から、一音律ずつ噛み締めるようにして呟く声が聞こえてくる。既に過去のこととして一度は収まりがついたはずの事柄が、呟くという自らの行為によって再び息を吹き返し意識を蹂躙してくる。顕ち現れてきて揺れ動く影には情念の濃さが付きまとう。三句に据えた確定条件を示す助詞の「ば」には、再び呼び覚まそうとする確かな意志が読みとれる。

天空を風ゆけるとき　うはのそら　うはのそらとぞ時計きざめる

葛原妙子『朱霊』「発光」（588）

妙子の（588）、「うはのそら」は時計の秒針の音を表現しているが、三句の前後を一字空けにしていることによって歌の中に不思議な空間が存在することとなった。「うはのそら」という言葉には、天空や空中・心が浮き立って落ち着かないさま・根拠がなく不確かなさま、という三つの意味がある。歌に生じている空間には、「うはのそら」という言葉の三つの意味が重層的に含まれている。史の「ちりぬるを」が自身への言い聞かせのような切迫感をもった呟きであるのに対して、妙子の「うはのそら」は言葉自体が軽やかである。天空に流れる時間と地上に流れる時間の質には相違があるのかも知れないが、そんなことにはお構い無しに地上の時計は「うはのそら」と時間を刻む。

『ひたくれなゐ』には、(590)のほかにも「むらさき」を詠み込んだ歌が散見される。

夕焼がむらさきの網をかけたれば逃れえず野兎も陸封魚(りくふうぎょ)らも
『ひたくれなゐ』「山湖周辺」(9)

昏れ迫る片空のみの夕茜石むらさきに死するときあり
「修那羅峠」(309)

ながき茜ののちむらさきにけぶらひて老樹落花のときを荘厳(しやうごん)す
「さくら」(644)

夕暮がむらさきの毒撒くゆゐに牧場の柵はやく閉ぢたり
「ひたくれなゐ」(694)

いずれの場面でも死や滅びに通じる暗さをもつ色としてむらさきを扱っている。「むらさき」と平仮名表記にした文字からは史の心情が滲むように感じられる。

(9)の「むらさきの網」はまるで呪術めいた言葉のようである。三句に「ば」を用いて、生き物が身動きや自由を奪われた理由を明かしている。自身の心も過ぎ去った時間に深く囚われていたのであろう。(309)では「茜」の色の夕空と染められた石の「むらさき」が、一首の中で互いの存在を意識しているかのように描かれている。空と石が情を交わしあっているようであり、死を語りながらも魂を揺さぶるほどの官能を含んでいる。

(644)では「茜」からゆるやかに変化してゆく「むらさき」に時間の経過を物語らせる。結句に置かれた「荘厳(しやうごん)す」の言葉の重厚な響きが「老樹」の落花を静かに悼む。「ながき」「のち」「ときを」という時間に関する言葉が、物事の経過に関心を寄せる執着の深さを示す。

（694）では夕暮の「むらさき」のもつ妖しさを「毒」に重ねる。「ゆゑに」を用いて因果関係を明らかにした上で、自身の胸中をそれとなく明かす。
いずれの歌も「むらさき」がこの世に仕掛ける幻影を描き出している。

野はすでにむらさきなせり春来るとせつなき声を叫ぶものあり
齋藤史『朱天』「待春歌」

春待つは我のみならず若き樹の肌のむらさきゆらめきにけり
「近づく春」

二首とも四一（昭和16）年に詠まれている。時局や当時の史の苦しい心境を鑑みたときに、「せつなき声」「ゆらめきにけり」といった匂うような甘美な響きのある表現が痛ましく感じられる。『ひたくれなゐ』の（9）（309）（644）（694）の作品に見られる艶やかな深みは、自身の根幹をなすものとして生涯大切に護り続けてきた優れた浪漫的表現である。
妙子の『朱霊』では、朱の色がひときわ鮮やかさを見せる。たぐい稀なる美意識が遺憾なく発揮された『朱霊』には、「朱」への渇仰と畏怖、「朱」との格闘が存在する。

西湖畔西冷印社の朱泥を購ふときまさに西のそら冷えゐたり
『朱霊』「西冷」（5）

とり出でし古き朱泥を焙りをりあざやかにしも朱は蘇る
「朱」（482）

おそろしき中国の朱は拭ひたる朱はふたたび指に影なす
（483）

すこしづつわが食べてしまふものとして口脣の朱をおもひゐるなり　（485）

『朱霊』の「後記」には「香盒に似た形の白い陶器の蓋をとると、蓋のうちがはに『西冷印社』といふ堅い文字がみられ、朱の色をあらためるより前にまづ、この商舗名の美しさに私は慄然としたのである」と記されている。（5）の「西のそら」の「冷え」は魂を領するほどの出会いに対していだいた感触そのものであり、美に宿る張りつめた気配への畏怖と崇敬を告げている。

朱泥は中国江蘇省宜興窯に産する赤褐色の無釉締焼の陶器である。（482）（483）では、焙ったり拭ったときに蘇り生き生きとした発色を見せる朱と接する。そして、「おそろしき」という形容以外の何物でもない感情に襲われたことを明かす。朱の有する強かさが迫ってきたのである。朱の蘇りから、人間の記憶の中に棲みつきなお生き続ける歴史の有する執念さを感じとったのではないであろうか。壮麗な瞬間の美を捉えて歌に凝縮してきた妙子にとって、蘇った朱は、時間の経過にともない繰り広げられる雑然とした諸相、特に歴史という全貌の知れない相手にも似て、なまなまとした不気味さを含んでいたのであろう。

朱泥・紫泥の古陶ひそかに艶めくは破壊幾度の世を見てしより

齋藤史『風翩翻』「黒点」

歴史の酷薄を自身のフィルターを通して見続けてきたという自覚をもっている史は、古陶の艶めきを時代のもたらす試練に磨かれたものと見なしている。妙子の（482）（483）と比するに、動揺は微塵も感じられない。

妙子の（485）は「朱」の一連三十三首の末尾に置かれている。食事をしている間に口紅が少しずつ落ちてしまう様子を「食べてしまふ」と描き、朱を文字通り自身の肉体に回収して一連を閉じている。

西遠く凍れる日なり一本のマッチくれなゐの火をかざしたり　『朱霊』「朱」（453）

（453）は「朱」の一連の一首目に置かれている。火の色を朱ではなく、深い色味に温かみを感じさせる「くれなゐ」と表現した。凍りつくような寒さは魂の冷えをも感じさせる。一本のマッチの火には魂を灯す温かみが含まれている。こうして「くれなゐ」からはじまった一連は、（485）の「口唇」の「朱」をもって閉じられているのである。「くれなゐ」から「朱」へと至る道程は、覚醒されていく妙子の意識を示している。

妙子の歌集名が鋭い印象を与える「朱」の色を用いた「朱霊」であるのに対して、史の歌集名は抒情性豊かな「くれなゐ」を含んだ「ひたくれなゐ」である。「朱」が怜悧な智を思わせるのに対して、「くれなゐ」は迸る情念すら感じさせる。対照的なイメージをもった色であるがともに暖色系であり、歌集名についても美しい均衡を思わせる。

また、妙子の第一歌集は『橙黄』。橙黄の色が極まって第七歌集『朱霊』の「朱」の色に至ったと見ることもできる。史は第三歌集『朱天』の朱の色を内深く鎮めながら、いよいよ濃い「くれなゐ」を醸成していったとも言えるであろう。

ペスト寺ともいはばいふべき聖堂に画家チチアーノの輝く朱をみき
『朱霊』「地上・天空」（660）

妙子の（660）に詠まれたイタリアの画家ティツィアーノ・ヴェチェッリオ（一四九〇頃〜一五七六）は、明暗意識と感覚性豊かな色彩で知られる。妙子はティツィアーノの絵画の朱の色に感応する自身の魂に喜びを覚えている。「いはばいふべき」は審美眼への自負すら感じさせる。

妙子は六九（昭和44）年にヨーロッパを訪れている。「地上・天空」の一連はそれをもとに成された。

ヴェネツィア人（びと）ペストに死に絶えむとし水のみ鈍く光りし夕（ゆふべ）
『朱霊』「地上・天空」（652）

水路よりただちにのぼる聖堂の扉口真紅（とぐちしんこう）の幕を垂れたり（サンタ、マリヤ、デラ、サリューテ）
（655）

ヨーロッパ各地でペストが猛威を奮ったのは十四世紀であった。一六三〇年、ペストは再びヴェネツィアを襲い、三一年四月にかけて人口の四分の一にあたる四万六四九〇人もの死者がでている。一六三〇年、ドージェ、ニコロ・コンタリーニは、サン・マルコ寺院にてマリアに捧げる教会の建立を誓ったが、ドージェ自身がペストに倒れ翌年に亡くなっている。このときバルダッサーレ・ロンゲーナによって建てられたのがサンタ・マリア・デッラ・サルーテ教会である。

（652）ではペストが猛威を奮った当時の惨状を、水の鈍く光る不穏なさまにて表している。何の命も映すことなく至るところに「水のみ」が残されているのである。過去の事象を詠んだ作品でありながら、近未来の光景を予感させるような不気味さを湛えている。（655）ではカナル・グランデに臨む教会の扉口を覆う「真紅（しんこう）の幕」に着目している。垂れ下がっている「真紅（しんこう）の幕」は生き物の舌のような肉感をもって迫りくる。教会の内なる空間に漂う気配と向き合おうとする妙子の衝迫が読みとれる。

雪来るにすなはち啖（くら）はむ　若雞の肝（きも）むらさきを・胎卵の朱を
『ひたくれなゐ』「耳もて問はむ」（17）

史の（17）、初句「雪来るに」に触発されて二句以下が展開する。「胎卵の朱」とはおそらく鮭の卵であろう。雪の白、肝のむらさき、胎卵の朱という三つの色は、反発しあうもののようであり、互いに相容れない鮮明さをもって存在している。その「若雞の肝むらさき」「胎卵の朱」を史はおおらかに「啖はむ」としている。相容れない性質のものですら己の心身に深く収めてしまおうとする意志が垣間見える。「肝」「胎」という言葉に宿るぎとぎとした命の質感は、生活者としての骨太な生きざまが獲得した感覚であろう。

テレビにみる影響

『朱霊』には七首、『ひたくれなゐ』には三首、テレビを詠んだ歌がある。当時もてはやされていた電化製品を二人とも取り上げていて興味深い。

空椅子の円座乱れて午前二時無人無影のテレヴィ明るし
葛原妙子『朱霊』「青雪」（374）

活火山の北麓青光を発したり眩むばかりに雪降りしかば
（376）

「青雪」の一連は浅間山山麓の山荘に滞在していたときのことを詠んでいるのであろう。（376）、「青光」のなまめかしさが印象的である。（374）、乱雑に置かれた椅子の配置からは寛いでいた時間が偲ばれる。午前二時、妙子を除いて皆すでに寝静まっている。そのあとも「無人無影のテレヴィ」を眺めながら想像に耽り思念を巡らせる妙子の姿がある。

玉の芸剣の芸など操れるテレヴィのおもてしだいに澄み来　『朱霊』「空蟬」（393）

みるみるにテレヴィの枠よりしたたりて腥き血は床（ゆか）に濡れき　「青襤褸」（683）

白濁の曇天ありてながれたるひとすぢの血のなまめき険し　（684）

テレビの中にはげしく歪む人間像立直らむとしてまた崩る　齋藤史『ひたくれなゐ』「耳もて問はむ」（32）

遠き無慙かくちかぢかと眼に見せてテレビは誰のたのしみのもの　「明日は見えぬ」（85）

妙子の（393）、演芸、曲芸を放映しているテレヴィ画面を「おもて」と表現し、それが次第に「澄み来」と感じるのは妙子特有の感覚である。

いなづまの射しつつ澄めるテレヴィジョン美しき瑞西の郵便車ゆく　葛原妙子『葡萄木立』「白露」

妙子のいる部屋の外で雷が光っている。室内のテレヴィ画面の明りはそれに反応することもなく静かである。画面には美しい瑞西の風景の中を郵便車がゆくという牧歌的な映像が流れている。「澄める」という言葉がその時の映像の空気を感じさせる。（393）では映されている芸が緊張感を伴う場面を迎えているのであろう。

（683）、テレヴィの映像から匂いは伝わらないが、滴る血になまぐささを嗅ぎとる。画面に見る血をテレヴィの枠から滴るとしていて読み手は幻惑感に襲われる。（684）では（683）から場面が急に展開して頭上に曇天が広がり、幻惑感は一層深いものとなる。テレヴィに放映されている映像の世界と妙子が身を置いている界が、容易に入れ替わるごとく感じられる。

（393）の「操れる」、（683）の「したたりて」から、テレヴィ自体が生身の体を有すると思えてくる。こうした妙子の表現は無機質な機器に生命を見出しているようであり、通信機器やロボットに思い入れや愛着を感じる二十一世紀の人間の嗜好に通じるものがある。

史の（32）の「人間像」は相手に打ちのめされては立ち上がるボクサーであろうか。「人間像」という言葉にとどめているため想像の域が広がり、存在そのものの痛々しさが迫りくる。（85）では映されている事象から遠く離れた安全な場所にて視聴していることの罪深さを、内省的にして懐疑的な視点をもって語る。

ちゃんねるX点ずる夜更わが部屋に仄けく白き穴あきにけり　『朱霊』「虚白」（550）
無人のテレヴィ深夜にひとり眺むれば耿々とわが心臓ひらく　（551）
豪雨となる市街の真中真夜中のテレヴィ美しき空虚を充たす　（552）

（550）の「仄けく白き穴」は妙子の思念を自在に通過させ、無限の空間を開示する。（5

51）では一人で思念を巡らせる深夜の時間の、覚醒していく意識とその喜びを下の句にて表している。（552）、「真中」「真夜中」という二つの言葉にて時間と空間を綯い交ぜにした表現をなす。「美しき空虚」は表現という行為の際に我に広がる無限の空間と向き合う孤独を感じさせる。

妙子の第六歌集『葡萄木立』、史の第七歌集『風に燃す』からテレビを詠んだ歌を抽いてみたい。

わがうしろに明るむテレヴィ　ゴウストの隈どるテレヴィの中なる貌（かほ）を

葛原妙子『葡萄木立』「秋の人」

ふかぶかと雪積もる夜のテレビにてくろきゴーストをしきりともなふ

齋藤史『風に燃す』「花火師」

二首ともテレヴィ（テレビ）とゴウスト（ゴースト）が詠み込まれている。妙子の背後に明るむテレヴィとは画像の明るさを描写したのであろう。「ゴウスト」はテレヴィに映っている「貌（かほ）」の不気味なさまを指すものと思われる。雰囲気は伝わるが具体を想像しにくい。

史は雪の降り積もる夜にテレビを見ている。一面真っ白となった窓の外の底知れぬ夜の深さに比して、映像を流し続けるテレビの手軽さには辟易とさせられるのであろう。しかし、雪の降り積もる夜である。「くろきゴースト」は一九三六（昭和11）年の二・二六事件に関わって若くして死刑に処せられた人たちの魂を髣髴させる。史の歌からは具体が立ち上がってくる。
妙子の『朱霊』「虚白」の一連と、史の『ひたくれなゐ』「春近く」の一連には、テレビを詠んだ歌で、言葉の選択や構造において共通点の見られる作品がある。

白テレヴィかすかに揺らぎ明暗の通路となせり風のごときは　『朱霊』「虚白」（554）

白微塵無数に飛べるテレビ置き不可視のものの通路となせり
『ひたくれなゐ』「春近く」（447）

妙子の（554）、初句の「はく」という音が鮮烈な印象を与える。三句の「明暗」は「明」と「暗」という対極的な言葉によって、被写体となり得る事象、物体のすべてを含んでいると解釈することもできる。結句の「風のごときは」は次々と現れては消えていく思念を表しているのであろう。二句には「揺らぐ」という自動詞を用いていて、妙子の働きかけによるものではなく自然に起きた現象として示している。妙子の側からは何かを仕掛けることはせずに眺めることに徹している。
史の（447）、初句二句は放映時間終了後もしくは放映されていないチャンネルの画面を表しているのであろう。「不可視のもの」は視覚的に捉えることができない漠然としたものを表しているようにも思えるが、妙子の歌の「明暗」よりも、寧ろ具体的イメージを得やすいのではないであろうか。悲しさや寂しさといった感情と捉えることもできるし、過去の記憶とか霊的な存在と捉えることも可能である。「不可視のもの」が「可視なるもの」を言外に連想させるため、言葉からイメージを得やすいのである。三句の「テレビ置き」は「置く」という他動詞を用いており、史の能動的な意志を読みとることができる。

二首に共通しているのは「通路となせり」という表現である。何かの通り路になっている、通り路としているということに二人とも強いこだわりを見せている。妙子は四句に置いて、「通路となせり」によって状態を表すにとどめる。史は結句に置いていて、三句「テレビ置き」と結句「通路となせり」によって行為とその結果を描く。『朱霊』と『ひたくれなゐ』の中では特に目立つ作品ではないが、二人の特徴がよく表れている。また、作歌における影響がどのような形で及んでいるかという一端を示す作品となっている。

『朱霊』は七〇（昭和45）年に刊行されている。七六（昭和51）年に刊行された『ひたくれなゐ』には、六七（昭和42）年から七五（昭和50）年の間の作品が収められていて、（447）を含む「春近く」の一連は七二（昭和47）年の作品である。妙子の（554）が先行して発表されている。おそらく史は、妙子の（554）の存在を知った上で、（447）をつくったものと考えられる。妙子の（554）に触発されて影響を受けつつ、史は（447）を詠んだと見るべきであろう。妙子にとっての「明暗」は、史にとって「不可視のもの」と捉え直されたのである。こうして捉え直して能動性に貫かれた作品にしたところに、齋藤史の、表現に対する飽くなき執念を見る思いがする。

一首の構造という点で興味深い歌をほかにも抽いてみたい。

草の色にチーズの黴のひろがるを鴫の夏羽にたぐへおもひき　『朱霊』「鴫」（435）

水の音つねにきこゆる小卓に恍惚として乾酪(チーズ)黴びたり　「地上・天空」（646）

わがチーズに蒼き黴生えこれよりして夏の湿原茂りゆきたり

『ひたくれなゐ』「湿原」（448）

妙子の（435）は、「草の色」「鴫の夏羽」という二つをもってチーズの形状を写した。チーズの黴の広がり具合と色から繰り広げられる連想が妙子らしい一首たらしめている。草原から鴫が飛び立つ場面すら想像させる。

妙子は六九（昭和44）年にヨーロッパを訪れているが、「地上・天空」はそれをもとに創られた一連である。（646）の乾酪の黴は、暮らしが水と近接しているヴェネツィアという都市の環境、風土そのものを表している。ブルー・チーズと思われるが、「恍惚として」というきらびやかな印象を与える表現ゆえに、ペストが蔓延した中世ヨーロッパの陰惨な史実やルネッサンスの眩い文化史が浮かび上がってくる。黴の生えた乾酪という状態を通して、ヨーロッパの歴史的背景が重層的に立ち現れてくるのである。

史の（448）では「わがチーズ」としたことによって対象と自分との関わりに焦点があたる。「わが」と所有を明確にしているため場所を細かく描く必要がない。チーズの黴は日々の暮らしの中に生じてあっという間に蔓延してしまう鬱屈を示してもいる。三句に「これよりして」と起点が提示されている。植物は人間の意のままにはならない。暴力的ともいえるほどの生命力をもって繁茂する。人間の暮らしの痕跡を残さないまでに一面を覆いすべてを飲み込んでしまう。現在自分の身を置く場所に、現時点を起点として展開される日常に、「これよりして」という言葉をもって確かな輪郭をもたせている。

（６４６）にて妙子は歴史的背景を含ませながら状態を描くことに徹している。（４４８）にて史はある一点を起点として時間的、空間的展開をなして、無秩序に進行する数多の事柄を暗に示している。歌の構造としてみると、妙子は五句を費やして状態を描写している。それに対して、史は「わが」を用いて二句までに対象を描写して三句から展開を試みている。二人の歌の特徴がここにも明瞭な形をとって表れている。

非在と得体

狂言に「抜殻」という作品がある。酒に酔った太郎冠者が使いに出るが途中にて案の定眠くなり、野原で眠ってしまう。後をつけていた主はこのさまを見て、眠っている太郎冠者に鬼の面をつけてしまう。目を覚ました太郎冠者は水面に映った自分の顔を見て、鬼となってしまったのかと驚き自ら命を絶とうとするが、そこで面が脱げるというストーリーである。

目が覚めて鬼の面をつけられていることに気づかない間は驚愕と恐怖のあまり茫然自失の状態にあった。仮面が脱げてからは安堵による放心状態となる。抜殻は心がほかに移ってうつろな人、虚脱状態の人を指す言葉である。

雪被（かづ）く髪とも姥の白髪とも夜の道を来しみづからの貌（かほ）

齋藤史『ひたくれなゐ』「虚空」（408）

須臾のまに放心すぎて我は醒むもののけを見ぬ人らの中に

（409）

史の（408）、雪の降る夜道を歩いてきた自らに「雪被く髪」と「姥の白髪」の二つを見ている。諧謔精神の表れであり、一方では土地に棲みつく霊的な存在への親しみを込めている。（409）、雪道にて史は「もののけ」を見たのであろう。しかし、他には誰一人としてその姿を見た者はいない。「見ぬ人」と看破する眼力も史のものである。放心から醒めるのは「須臾のま」であるが、記憶として温め続ける。

脱皮したあとの皮殻を指す生き物の抜殻は既に何の命も宿してはいないが、それを目にしたときの感傷を史は詠んでいる。

脱けいでしものよりかろく蛇の殻たのしげに風にあそびて居りぬ

『ひたくれなゐ』「冬雷」（112）

（112）、「殻」は中の虚ろとともに、抜けいでた命を意識させる。殻の中の非在と殻の外界の存在をつくり出したものが脱皮という行為である。脱皮は、ある生き物にとって生命の維持に欠かせないが、簡単ではないようである。脱皮ができないと蛇は筋肉の動きを充分に外に伝えることができず、身体が突っ張ってしまって蛇行運動ができずに皮膚呼吸まで不完全になるという。殻の中の非在こそが外界の存在を証する。（112）に描写されているのは脱皮した後の殻が風に揺れる様子であるが、その描写のうちに時間の経過を含んでいる。現実の世界に今存在する我が、過去の空間、未来の空間、此処ではない空間に意識を及ぼさせることが、

「あそび」なのであろう。

おびただしき空蟬（うつせみ）のむれをみつ一本の椎小暗く繁りて
おそろしき顔とおもひて空蟬をしばらくはてのひらにのせゐつ
蚤などのごとくに飛ぶことのある空蟬をりて人のまどろむ
おびただしく寄せられてゐて空蟬のぬけがらながら我を圧せり

葛原妙子『朱霊』「空蟬」（３９５）
（３９６）
（３９７）
『ひたくれなゐ』「朱竹」（３５９）

妙子の（３９５）は暴虐的とも言えるほどの数の多さを描き、（３９６）にては一個の形に焦点をあてる。確かに蟬の抜殻は精巧な細工を思わせるほどの複雑な形をしている。「むれをみつ」「のせゐつ」によって自身の行為は言い尽くされている。蟬の声に囲繞された空間の中でしばらく時間が止まったように思われる。（３９７）は人の夢と現実とが奇妙に交錯する。史の（３５９）ではやはり数の暴虐を語る。二句にて他者の行為を描く。自分は一か所に寄せられた空蟬を目にしたのみである。自分の関わらない行為の介在によって空蟬は唐突に史の前に姿を現す。二句によって結句「我を圧せり」が生きた。

蟬の声に命のきらめき、哀感を覚えることは多い。

つくつくぼふし三面鏡の三面のおくがに啼きてちひさきひかり
『朱霊』「天使No.I」（242）

蟬捉へられたる短き声のしてわが髪の中銀の閃く
「夕べの声」（519）

過ぎてゆく日日のゆくへのさびしさやむかしの夏に鳴く法師蟬
『ひたくれなゐ』「さくら」（653）

妙子は（242）にて、しきりに声を聞かせる蟬を「ちひさきひかり」と感じとる。それは現実と幻想の空間の双方に身を置くもののように存在を証している。そして、妙子自身は「三面鏡の三面のおくがに」いることを確信している。

妙子はこの歌に関して、「薔薇玉―歌う日々―」と題する文章に記している（『孤宴』小沢書店一九八一年刊）。

だが、晴れた晩夏の午後四時の黄ばんだ陽の光の中に、せわしく啼きかわすつくつくぼうしは澄んだ鏡を要求したのだ。しかも蟬には何面かの鏡が必要だったのである。

やがて体長三センチ弱の金毛の蟬は、桑材の三面鏡の三面の鏡のおくに、それぞれに一匹ずつ、薄い翅を慄わせていた。

「三面鏡の三面のおくがに」いるという妙子の確信は、蟬が「澄んだ鏡を要求」していると感じて自らが目にしている現実の光景の中に、現実ならざる三面鏡、〈幻の三面鏡〉を置いてみたことによる。三面鏡を「置く」もしくは「据ゑる」という行為が意識の中にて為されているのである。「置く」もしくは「据ゑる」という他動詞を意識の中にて用いたうえで、「啼く」という自動詞は歌に記されているのである。意識の中で三面鏡を置いたことによって、蟬の存在する現実の空間はそれまでとは異なる性質を帯びる。妙子によって意味を付加された空間となっている。

（519）では蟬の声という聴覚で捉えたものから、髪の中の閃きという感覚を導き出すことによって体感を確かなものとしている。髪の中に閃く「銀」は白髪をイメージさせる。声から閃光への転換は、（242）において存在を「ひかり」と捉えた感覚にも通じる。

史の（653）が描くのは遥かなる日々への、心を絞るほど苦しい郷愁である。過ぎし日の行方を尋ねれば、現在の自分に途方もなく寂しさが募る。しかし、郷愁にのみとどまっているわけにはいかない。三句にて「さびしさや」と表白しながらも、下の句に見るように「むかしの夏」を今に引きつけており、膨大な時間はにわかに圧縮される。そうすることによって長い歳月は史の目に残らず晒されるのである。懐かしむだけではない。意志を保ち続けていかなければならない。「むかしの夏」に鳴く蟬の声を確かに聞く耳は感傷にとどまっていることを許してはくれない。

蟬の声に誰にもまして命を重ねて聞いていたのは、河野裕子であろう。

目がまはりたちまち吐きてしまふ身をかなしみ寝かす蟬声に溺るるごとく
河野裕子『蟬声』「ナスの花にも」

身動きのひとつもできぬ身となりて明けの蟬声夕べかと問ふ
「十日でしたか」

一首目、「蟬声に溺るるごとく」には意識の深淵に体を鎮めていこうとする凄まじさがある。現状の辛さにひたすら耐えて従容として在ろうとする心情が滲む。二首目は更に日を重ねての歌である。時間に対して曖昧になっていく感覚を描き、命の生起滅失を思わせる場所から聞こえてくる声を感じとっているのである。

母や夫の介護の日々に抜殻を見ている史の歌を抽く。

水に沈めるものみななべて抜殻の　ホース　溲瓶　ビニール手袋
『ひたくれなゐ』「水底のごとき」（545）

老母すでに在らざるごとしころ伏して眠れるものは小さきぬけがら
「ひたくれなゐ」（706）

（545）、「水に沈めるものみななべて」に疲弊しきった自身をも重ねて見ているのである。（706）、心の在り処が最早不確かになってしまった母の眠る姿に、娘である史は途方に暮れるしかない。眼前の老いた母を非在の喩をもって表している二句に、追いつめられた心境が描出されている。容赦のない現実が辛辣な表現を生み、辛辣な表現によって救われて現実の厳しさに真向かう。

抜殻には、あるものが居なくなったあとの、家や寝床という意味もある。

寝台にたれびとをらず蟠る毛布はおほきぬけがらとみゆ
『朱霊』「絵馬」（357）

花模様の毛布一枚をぬけがらに人の消えたる午後の病室
『ひたくれなゐ』「無銘」（369）

どちらも毛布を抜殻に見立てた歌である。妙子の（357）は二句を「たれびとをらず」として在非在を先ず明らかにして、毛布が「ぬけがら」に見えると、状態を言うにとどめている。（369）は「人の消えたる」と変化があったことを描写して下の句にて事態の急変を思わせる。史のものの正体、本性ほど分かりにくいものはない。表面をいくらなぞってみても得体に辿りつくことは難しい。

皮膚を剝くかたちに脱ぎて革手袋のその裏側を見せしまま置く
『ひたくれなゐ』「ひたくれなゐ」（676）

午後二時の陽の差しくれば忽然と窓辺にあらはれいづる木の幹
『朱霊』「しじま」（240）

月のひかりさびしきまでに差しをればいづこよりぞ桃の香は立つ　「鴫」（443）

史の（676）、革手袋は内側に湿気が籠もらないように裏返しておくのだろう。蛇の脱皮を思わせる初句は手を一つの生き物と見ているような不気味さがある。なにがしかの確執をかかえている心の内を窺わせるが、心の裏側は見せないということなのである。

妙子の（240）（443）では「差しくれば」「差しをれば」と、いずれも確定条件を示す助詞の「ば」を用いて、日差しや月光によって対象の存在が明らかになったとする。（240）、「忽然と」によって時間の流れは中断されたかのようである。初めからそこに存在していたものも意識に昇ることによって初めて存在が確かなものとなる。（443）は感覚の鋭さが際立つ。状況の変化に伴う非在から在への転換、在と非在の境界の危うさを瞬時に摑みとる。

えたい知れぬもののかたちとして運ぶ荷台の上の或は死体
『ひたくれなゐ』「風たてば」（168）

かたちなきもののけはひの円寂す夜とて昼とて見えぬ内側
「朱竹」（362）

史の（168）、「えたい」の知れないものの「かたち」を探り、それは「死体」と同義なのではないかという疑念につきあたる。（362）では、意識は「けはひ」という最もかそけきものに向かう。「見えぬ内側」という在と非在のあわいのような領域に踏み込んでいき、「円寂」

を体感する。具体は一切示されていない。「かたちなきもの」「けはひ」「見えぬ内側」のいずれもがそれだけでは捉えようのない言葉である。しかし、これらの言葉から一首が成ったときに、過ぎてきた時間が己の心の内をしっかりと充たしているということが伝わってくる。「円寂」は円満に寂滅すること、死を迎えることを意味する。命が終りに向かうときの姿から、過ぎてきた時間の嵩、その濃密の度合を嗅ぎ取っているのである。（３６２）の前後には次の歌が並ぶ。

わが庭に生れて育ちしかまきりの枯草色となりしに今朝逢ふ
『ひたくれなゐ』「朱竹」（３６１）

遺書さへも書けざる盲母が風の中に言ふつぶやきの何ぞひそけさ（３６３）

積みし落葉を味はふごとき火の舌の時かけていささかの灰となしゆく（３６４）

（３６１）、一個の命が庭の四季とともに移ろいを見せる。結句の「今朝逢ふ」は目にしたものを偶然として素通りしてしまうことのない史の気質を物語る。（３６３）、母の描写は伝承や説話の中の一齣のような奥深い闇を湛えている。（３６４）は官能と死を鮮やかに絡み合わせている。

観念的な色彩の濃い（３６２）と具体を詠んだ（３６１）（３６３）（３６４）の歌群が、それぞれの位置を得て作品相互に厚みを与えている。具体から導かれる観念、観念から見えてくる具体があることを作品は告げる。

雑木林の中なる古き窯(かま)あとはおそろしきものも焼きしかにみゆ

『朱霊』「冬の人」（505）

妙子の（505）は「古き窯(かま)」にて焼かれたものを何であると考えているのか。具体を明かさずに「おそろしき」という形容にとどめている。「おそろしきものを」ではなく、「ものも」としている。本来その窯で焼かれるものに加えて、焼かれるはずのないものまで焼いたのではないか、という想像がなされている。結句の「みゆ」が効果的である。そのように見えるとすることによって、窯という空洞を有するものが抱えこむ非在の空間に対する想像であるという安全弁を働かせている。

非在や得体を語るときの妙子と史の表現は、形あるものを語るときに劣らず自在である。

埋葬とみどりご

白という眩しいまでの清浄感から、ときとして不安の兆してくることがある。白は清らかな喜びの色であるが、悲しみの予兆を覚えさせる色でもある。

埋葬の白欲りすれば夜の雪・町荒涼となるまでを降れ

齋藤史『ひたくれなゐ』「冬雷」（125）

史の（125）にて詠まれた「白」は、夜に降りしきる雪の白である。しかし、降る雪を眺めて感傷に浸っているわけではない。埋葬に相応しい色、埋葬を象徴的に表す色として「白」を選び、葬りのために雪の「白」を求めている。葬りを果たすために要する恩寵としての雪なのである。「町荒涼となるまでを降れ」の助詞「を」に着目したい。町が荒涼となるまでの長く持続する時間を念頭に置いた上で用いている。ただ降ることを求めているのではない。夜の雪によって町全体が荒涼となるに至ってはじめて「埋葬の白」となる。

湊圭史は「オーストラリア文学の白」（「國文學」學燈社　二〇〇九年二月臨時増刊号所収）と題する論考にて、アボリジナルにとっての「白」の意味しているところを述べている。

ドリームタイムと呼ばれる霊的時間、時を限りなく遡った天地創造の時点にありながら、アボリジナルの現在の生の時間と並行して流れ続けている時間へと参入するにあたって、彼／彼女らは白いペイントを身体にほどこす。それは歌と踊りを通じての先祖そのものとの同化の体験であり、死を経ることでありかつ同時に自らの生の根拠を確認することでもある…

死者を意識することを通して生者は死のみならず生の観念とも真向かうこととなる。「白いペイントを身体にほどこす」ことによって、生者は遥かなる時の彼方までも時間軸を遡り、死者との一体化が可能となる。その死者は目の前の死者のみを指すものではなく、無数の死者を含むものであるのだろう。代替のきかない一個の肉体を有するものでありながら、そのような同化を可能にする「霊的時間」は日常に身を置いているときの「生の時間」と並行しているという。死を目のあたりにしたときに、死者との何らかの関わりを通して「霊的時間」が意識され、生者は「霊的時間」の中にも生きているという意識を実感としてもつに至るのだ。（125）の「埋葬の白」は過去の出来事、かつて確かに存在していて今は記憶の中にある人を大切にいだき続けるために必要とされる色である。葬りは忘れ去るために為すのではない。己の心身に深く埋めてともに在るために為される。死者は史の日常の傍らに並行して流れる時間の中になお存在する者たちである。史にとって生きるということは、死者の側に流れている時間を自身の生の時間に引き受け続けることなのである。町が荒涼となるまでの時間、雪よ降り続けよと願う心は、黒暗にのみ向かう心ではない。死者に流れる時間の穏やかであることを祈る思いに通じているのである。

雪と死が詠み込まれた作品というと次の一首が先ず思い浮かぶ。

白きうさぎ雪の山より出でて来て殺されたれば眼(め)を開き居り

齋藤史『うたのゆくへ』「白きうさぎ」

『齋藤史全歌集』(大和書房　一九七七年刊)の栞の、「望遠鏡とレーダー」と題する文章にて、佐佐木幸綱は次のように述べている。

…白から白が遠ざかる。死への距離が生の質を照らし出した名作だ、と思う。うさぎは冒険者なのか、逃亡者なのか、と問うことは、ここではナンセンスだろう。白から自由になった白との意味では、どちらも同じことなのだ。彼は、挑戦者として生きたか、卑怯者として生きたのか、そういう日常的価値観がここでは一切捨象されていることに私は注目する。

死に照射された生の時間を考えさせる佐佐木の言葉は生の本質に迫り力強い。
眼前の死によって、瞬間と永遠、有限と無限といった観念が対峙する緊張の走る場面を支配しているのは、「白」のもつ清浄感とそれゆえの危うさである。辺りを埋め尽くす雪の白は、現在と過去、未来という時間の概念を曖昧にして、時間軸上の往還を容易に可能ならしめる。『ひたくれなゐ』の（125）にて史が「埋葬の白」を欲したのは「白」のもつこうした性質に信頼を置いてのことなのである。

みどりいろの月より冷えし耳朶（みみたぶ）に秘説のごとく雪ささやけり
『ひたくれなゐ』「冬雷」（124）
埋葬の白欲りすれば夜の雪・町荒涼となるまでを降れ　（125）
すでにして草の襤褸（らんる）のわれの野に立ちてかぐろきあれは何の墓　（126）

（125）の前後の一首ずつを抽いて並べてみた。
（124）では「みどりいろの月」という浪漫性を宿すものを比較として、「耳朶（みみたぶ）」の冷えを表している。「秘説」とは秘めて人に知らせない説のことであるが、歴史に記されることもなく人から人へと密かに語り伝えられてきた伝承のたぐいも指しているのであろう。冷えた耳朶に触れる雪は、耳元で愛の言葉を囁く愛しい人の声のようにも思われる。死者の声でもあるのだろう。その声を聴く史の耳は冷えつつも、心の火照りを隠せなかったのである。その昂りは

（125）の「埋葬の白」を欲する心へと繋がっている。（126）の上の句の畳み掛ける表現の中には、己を敢えて貶めるような意識が働いている。魂の救済を求める歳月に終りは見えてこない。そのような苦しさにあって史はふと墓に目をとめる。墓が立っているのは「われの野」である。何の墓なのか判然としないにもかかわらず、既に自身との関わりを自覚している。初句「すでにして」は、草が襤褸となるほどに盛りの時期が過ぎてしまったことへの気づきを示す。

（124）（125）（126）に詠まれている色もそれぞれの歌を印象深くしている。（124）の月の「みどりいろ」と雪の白の取り合わせは鮮烈である。（125）では雪の白と夜の闇という対照性が際立つ。（126）では「草の襤褸（らんる）」から想像される枯れ草の色と「かぐろき」色の重ね合わせがもたらす侘しさから傷心が伝わってくる。

受洗のみどりご白しあふ臥に抱（いだ）かれて光る水を享けたり

葛原妙子『朱霊』「あらはるるとふ」（199）

妙子の（199）、小さな額に水を享けて洗礼に与るみどりごを詠んでいる。自らの意志の介在しないまま祭壇の前にいるみどりごは、生まれながらにして神の祝福を予定されている最も純粋な存在である。「あふ臥に抱（いだ）かれて」という全くの受身の状態でいる。そして、「光る水を享けたり」としている。「享ける」は天から授かるという意味のときに用いられる。小さき者は自らの意志で行動するのではなく、ただ神のもとに〈在る〉。存在するということ自体の尊さをここに示している。「光る水」とみどりごの白さとが一首の中で照応している。妙子の一身は感動に満たされているのであろうが、感情をあらわにすることはない。みどりごは白い衣にくるまれていたのであろう。小さな額も愛らしい白さなのである。「みどり」と「白」が存在自体の放つ瑞々しい輝きを存分に語っている。「みどりご」という言葉が活きた作品である。もし「赤子」としていたら魅力は著しく減殺されてしまったであろう。

洗礼式にて妙子は細部に意識を走らせる。

司祭館の静寂を破る他者ならず司祭の立つる堅き靴音

『朱霊』「あらはるるとふ」（192）

僧のためのみちしるべと聖堂の扉に貝を浮彫にせり（194）

茨城の波打つ浜にまろびゐし砂鉄きらめく大きはまぐり（195）

（192）、心を静めて時を待つ人々の静寂は破られた。近づいてくる靴音は洗礼式が始まることを知らせる。（194）では扉に貝のレリーフを発見している。（195）では扉のレリーフから思いついたかのようにして、茨城の海岸とそこで捕れるはまぐりを詠む。茨城県の鹿島浦は海岸砂丘が発達している海浜であり、蛤の漁獲高が多い。

「常陸国風土記」に次の記述がある。

平津の駅家の西一二里に岡あり。名を大櫛といふ。上古、人あり。体は極めて長大く、身は丘壟の上に居ながら、手は海浜の蜃を摎りぬ。其の食ひし貝、積聚りて岡と成りき。

大男が大蛤を砂の中からほじくり出して取ったと記している。（１９５）の「大きはまぐり」は「常陸国風土記」にある「蜃」を連想させる。三句の「まろびゐし」という言葉のもつゆったりとした語感が、読み手を古代へといざなっていく。砂鉄は岩石中に存在する磁鉄鉱が岩石の風化分解によって流され、河床または海岸・海底に堆積したものである。たたら製鉄での重要な材料とされた。四句の「砂鉄きらめく」にも、古代の歴史に通じるような深い意味を感じさせる。茨城の海岸に転がっていた大きな蛤に砂鉄がきらめいていた、という写生の歌は、古代の歴史を底流に潜ませている。それは一連の構成において表現の重層性を企図したことによる。（１９５）の初句「茨城の」は蛤の産地を示しているのであるが、この中に含まれる「茨」の文字が、磔刑に処せられたキリストが頭に被せられた茨の冠を思い起こさせる。そのため洗礼の場面との違和を感じさせない。

「あらはるるとふ」の一連は次の歌をもって終わる。

首いまだすわらぬ赤子を連れ去りし我子たちまち人中にみえず

『朱霊』「あらはるるとふ」（２０２）

「首いまだすわらぬ赤子」とあるから生後三か月くらいまでの月齢であろう。限りなく純粋であるとともに儚い存在であることが強調されている。妙子の長女でカソリシアンである「我子」が洗礼の済んだばかりの赤子を連れて帰る様子を、「連れ去りし」と穏やかならぬ表現にしている。赤子を抱いた母親はたちまち人ごみにまぎれてしまった。赤子の体力に鑑みれば洗礼式がすめば直ぐに母親が子を連れ帰るのは合点がいくことである。しかし、遠ざかっていく娘と孫の姿を安堵して見送るという祖母の視点は、この歌には存在しない。孤絶感に苛まれるままを歌っている。当時の妙子には解消しがたいわだかまりが神を前にしたときの妙子の側にあって、自分だけ置き去りにされたという感を免れ得なかったのであろう。

神々しい洗礼式の一連は、「赤子」を連れ去る「我子」という不穏な場面をもって幕を閉じる。妙子には深い喪失感が残された。

史にとっても妙子にとっても「白」は言い知れぬ不安を呼び起こす色であったのだろう。しかし、史は（125）に見るように「埋葬の白欲りすれば」と、「白」を自ら欲している。不穏なる予兆と一体化することを寧ろ心の拠り所としているかのようである。妙子の（199）は「みどりご白し」と、みどりごから受けた印象を綴る。不安を自らの内に呼び込もうとするかのように挑戦的でさえある史に対して、妙子は状況から捉えたことを記して感情を場面の背後に秘める。

蝶

蝶と蛾の外観の相違は陽と陰、ものごとの表と裏といった対照的な概念をいだかせる。蝶が昼行性の鱗翅目であるのに対して蛾はすべて夜行性のように思うが、蛾の中には昼行性の種類も多い。

ゆふぐれと白灯のひかりわけがたく蛾は草いろのタオルに来る
葛原妙子『朱霊』「玉虫」（42）

夕硝子透きつつあるを蛾と蝶の区別はただに重き腹のみ
「天使No.Ⅲ」（411）

蝶の羽ひらひらと昇る　ひらひらと　稲妻の部屋に上昇せり
（412）

妙子の（42）、夕暮の薄暗さの中ですべては渾然一体となっていく。（411）によれば蛾と蝶の区別は腹部の比重によるとしている。これは頑丈な体幹部分をもつ蛾の生物学的に典型的とされる特徴を言っているのである。夕方の明度の加減で存在が曖昧になっていく硝子。透きつつある硝子によって内と外との区分も曖昧になってゆく。そのように見分けがたいものが蝶と蛾なのであり、蝶と蛾は境界に阻まれることなくすり抜けていくことのできる存在として描かれている。

（412）、稲妻が時折光る様子が部屋の窓から見えているのであるが、その状況を「稲妻の部屋」とした言葉の斡旋が巧みである。二句にて「昇る」、結句にて「上昇せり」として同義の言葉を繰り返し、稲妻が光る瞬間の蝶の羽に着目している。三句の「ひらひらと」の前後を一字ずつ空けている。これによりその前後に視覚的な空間が生まれる。そのため稲妻が光るときの蝶の羽の動きから、暗い部屋にて切れ切れの映像を目にしているように思えてくるのである。

蝶が部屋の中を飛んでいるのではなく、「蝶の羽」が「部屋に」上昇していく。「蝶の羽」は妙子の思念から生まれた幻であろうか。あるいは或る考えが思いついたときの閃きを語っているのかも知れない。「稲妻の部屋」に上昇していく「蝶の羽」の有りようは、妙子の表現行為における閃きそのものを表しているのではないか。蝶の羽という華やかなものが稲妻に照らされて、妙子の存在している空間に上昇しているという状況、「ひらひらと」という浮遊感を伴う描写をもって、内心に刻々と起こる閃きが表現へと向かうさまを表していると思われる。

史の歌に詠まれた蝶は華やかな印象を与えるにもかかわらず、人間の意識を深い闇へと引きずり込んでしまう暗い影を引く。目の前を飛ぶ具象を、その内に何事か暗い事実を隠しもつものとして描く。

さすらひてやまぬことばを追ひゆけば　七月まひる　炎天の黒き蝶

齋藤史『ひたくれなゐ』「さくら」（651）

掌（て）の中の運命線の三角洲（デルタ）をば夜々にさまよふ白き夏の蛾

「ひたくれなゐ」（707）

（651）には「処刑忌」と短く付されている。二・二六事件に関係した人々への判決が下ったのは事件と同年の一九三六（昭和11）年七月五日であった。裁判の形式は戒厳令下の特設軍法会議によるものであり、一審制、上告なし、非公開、弁護人なしという性格のものであった。判決からわずか一週間後の七月十二日には十五名の死刑が執行されている。死者の命日を意味する「忌」の文字を「処刑」の文字に続けなければならないほど慟哭は深い。

（651）の上の句は、行動に至った動機等について充分に発言する機会を与えられなかった将校たちの無念の胸の内を思う、史の悲苦を物語る。三句四句と四句五句の間を一字ずつ空けている。将校たちの命が失われた「七月まひる」をとてつもなく重く受け止めている心が、一字空けに表れている。「追ひゆけば」の後の無言、「七月まひる」の後の無言。姿を現した「炎天の黒き蝶」は無言の嵩が生み出したものである。蝶は長い持続の時間を経て、思念が高じて形象化されたものにほかならない。史の目の前にたまたま飛来してきたものであっても、その偶然に必然的な意味を見出す力を史は有していた。

黒い蝶を詠んだ歌に、

死刑場に友ら歩みし七月来てわが発射する黒揚羽蝶

齋藤史『風に燃す』「ゆくへ見むとて」

がある。七月の到来を待っていたかのようにして『風に燃す』にて史が発射した黒揚羽蝶は、『ひたくれなゐ』にては自然に現出している。

（707）の「白き夏の蛾」と（651）の「炎天の黒き蝶」は、史の意識の中で一対を成すものなのであろう。手相のうちで運命線は手首の辺りから中指に向かって伸びている線のことである。「三角洲（デルタ）」は、手首から小指に向かう線と運命線とによって形づくられた間の部分をそう見なしているのであろう。「白き夏の蛾」は歴史に翻弄された人々の漂泊の姿そのものである。

つぐなひはつひにあらざるすがしさの蛾をたたしめしあとの白繭

『ひたくれなゐ』「朱竹」（365）

薄紙の火はわが指をすこし灼き蝶のごとくに逃れゆきたり　「ひたくれなゐ」（666）

（365）の上の句は史特有の、箴言にも通じるような深淵を見せる。罪の意識をもちながらも償いようのないものであると確かに知る人の目に、「白繭」の清涼がこの上なく眩しいものと映る。
(666)、不用意に燃やしてしまった薄紙は、火を宿してその薄さゆえ蝶の羽のような動きを見せて手を離れてゆく。薄紙の方から逃れていったと表している。それは「炎天の黒き蝶」と同様の性質を負うものであり、史の手の届かないところへと向かう。この世ならぬところを思わせる。しかしながら、この薄紙や蝶は、妙子の蝶や蛾のように簡単に境界をすり抜けてゆくという感じはしない。史の思念の強さが、この世のほかの界に送り込んでいるように感じられる。そして、時節が来ると、またこちら側に呼び寄せられる。蝶が飛来して、また消滅するところに、史の識閾が存する。

行きあひし山の揚羽はわが明るき片側のみをめぐりて去りぬ
『ひたくれなゐ』「背後」(213)

(213)では「行きあひし」として偶然性を先ず述べている。蝶は「明るき片側のみをめぐりて」去っていった。史が強く意識したのは「わが暗き片側」である。揚羽に行きあうという偶然によって「わが暗き片側」が意識される。果たしてそれは偶然に過ぎないのか、と鋭く思念を巡らせる時間が流れる。蝶の飛来と飛去を初句と結句に置いて、助動詞「き」と「ぬ」によって時間に生じた差を描き分けている。
(213)の他にも、ものの片側に着目した作品がある。

黄の裸灯に橋の片側照されてそこ行くときの人も片面（かたおも）
『ひたくれなゐ』「耳もて問はむ」（２８）

花あかりわがたましひに沁み入るになほ昏（くら）しその片面ほどは
「夕鳥・ひかりごけ」（１８９）

片側暗き地形・屋根型・経歴をかたることなき男の鼻梁
「風紋」（４９５）

片割れの月に照られて我は行き　幸運といふ仮空も恋し
「夜の雪」（６３３）

（２８）では目に映った通りのことを描写しているが、暗部を携えて生きる人間という存在、その内面に思いを及ぼさせる。（１８９）では上の句にて神々しいほどの花の明朗さ、すがしさを表して、下の句にて魂の片面の昏さを語る。三句に据えた助詞の「に」によって以下を一気に暗転させている。

（４９５）も人間の負う黒暗部分を自覚させる。「地形」と「屋根型」は風土性と暮らしを示していると捉えられる。鼻梁の秀でた男は、一筋縄ではいかない来歴を窺わせる。（６３３）の片割れの月は半月のことである。照る半分が幸福や喜びを表しながら、暗い半分の側が担うものを暗示している。そして、下の句では幸運が「仮空」に過ぎないとしてもなお憧れるとして嘆いてみせている。

片側を詠んだこれらの歌群では、片側という一部を描写することで、その他の部分、もう一方の暗い側に意識が及ぶ。明るい部分を描き、暗い部分に心を寄せている。明と暗は、史にとって容易に転換できる性質のものではなく、あくまで片側ずつに存在するのである。明と暗のどちらの側であるかにこだわり続けている。蝶は思念の形象化されたものであり、過去から現在、そして未来へと流れる時間を行き交う存在である。時間の流れの中を意識が遡行すれば時間は逆行する。いつ、どこに現れるのかという、現れる時空そのものが問題とされる。それは蝶が史の経験や記憶との関わりを担うものであることを意味している。

音律の空間

字面とともに音韻の与える印象は長く忘れがたい。

夢魔としもあらはれいでし地平あり地平をおほふ摩周火山灰
葛原妙子『朱霊』「北辺」(271)
樹根爆破震撼せしより　にはかに澄める高き日輪(272)
屈葬位白骨の胸郭崩れ落ち骨片星屑のごとく散らばる(295)
曇天鈍重にして檻にゐるきつねの脳のくろきかたまり「夕べの声」(541)

(271)、三句四句のいずれにも「地平」という言葉を用いている。そのため三句と四句の間に鏡が置かれているような不思議な感覚に陥り、初句と結句の「夢魔」「摩周」の「M」音の余韻が強く残る。(272)は初句にて「樹根」「爆破」と二つの濁音を用いているが、二句以下は清音のみから成り、爆破音の凄まじさから日輪の崇高な輝きへと導かれていく。(29

5）では過剰なまでに「K」音を連続させて凄絶なさまを描きながらも、「星屑のごとく」の喩をもって神秘性を生み出している。（541）は初句「曇天」の四音とそれに続く「鈍重」の「D」音の重なりが、自由を奪われた生き物に纏わる重苦しさを伝える。四首いずれにも漢語が多用されていて、音の面に加えて視覚的にも重苦しい印象を与える。（272）では二句と四句の間を一字空けている。三句の五音を欠いているのである。

② 第三句欠落の魅力

寺尾登志子は『われは燃えむよ——葛原妙子論』（ながらみ書房 二〇〇三年刊）の「Ⅳ『原牛』」と題する章にて、三句を欠いた作品について評している。

五七五七七の形を壊すのは、内なる表現への欲求であった。この時重要なのは、初めから無定型の意識で詠まれるわけではないという点だ。伝統的韻文律の器は、妙子の内部に、あたかも先天的のように存在する。その器に盛ろうとする眼前の現実が、五句からなる三十一文字を裏切るのである。

第三句の欠落は予め手法として意図されたものではなく、「内なる表現への欲求」により成った旨を寺尾は述べる。妙子の心身には定型の韻律が厳然と存在していたのである。そして、対象の本質を見極めようとするときに現実の姿に忠実であろうとすればするほど、定型通りにならない部分を生じさせてしまうということである。寺尾の指摘するように必然的に生じた第三句欠落である。

第三句欠落は一首にどのような影響と効果を及ぼし、歌の本質をいかに示すこととなったのであろうか。

三句の五音律を欠いているということは、本来在るべきものが無い、という状態を示しているにとどまるものではない。三句五音律が欠けているという状態をもって、存在の一形態をなしているのである。妙子の（272）は「樹根爆破／震撼せしより／　　／にはかに澄める／高き日輪」というように、六八〇七七の音律から成る。三句五音律が欠けている状態は、三十一音律の短歌という詩型のもつ〈音律の空間〉を意識させる。初句「樹根爆破」の漢字四文字の六音律がもたらす衝撃は、三句の五音律を欠いた〈空間〉の存在を経て、下の句の静けさへと導かれてゆく。三句の〈空間〉は一首の音律に均衡をもたらしている。

歌には当然のことながら、言葉の意味のつくり出す空間、言語空間がある。（272）では茫漠とした大地の広がりと輝く日輪の意識させる天空の広がりをつくり出している。また、樹根を根絶やしにする凄まじい爆破音や硝煙の匂い、破壊された無残なさまによって、作者の内部に生じる痛みが表されている。そして、痛みに導かれるようにして崇高な日輪への畏怖と希求が生まれ、表現を通して精神の深みを感じさせる。これらは言葉の意味がつくり出した空間である。

更に、歌には〈音律の空間〉がある。或る言葉のもつ音や、言葉の連なりがもたらす抑揚によってつくられる空間である。一音律がつくり出す空間、二音律三音律の連なりによってつくられる空間、五音律七音律がひと纏まりとなってつくり出す空間、上の句下の句による空間、そして三十一音律全体がつくり出す空間がある。ある音律は他の音律と連なることによって低く尾を引いたり、高らかに響いたり、うねりを生み出したりする。三句の五音律が欠けている状態においては、そこに文字通り〈空間〉が存在するのであり、それが一首全体の〈音律の空間〉を形作っている重要な要素となっているのである。

（272）では初句に多い濁音と二句以下の清音がそれぞれつくり出す〈音律の空間〉があり、双方が響きあうことによって生じる〈音律の空間〉がある。三句五音律が欠けていることによって絶妙な間合とでも言うべき〈空間〉が生じて、二句までの混沌から四句以下の荘厳へと至る回路として一首に多大なる影響を及ぼしている。

『朱霊』から三句の五音律が欠けている歌を抽く。

あきらかにものをみむとしまづあきらかに目を閉ざしたり　『朱霊』「天使№I」（251）

（251）は「あきらかに／ものをみむとし／　／まづあきらかに／目を閉ざしたり」となり、五七〇七七の典型的な形である。「あきらかに」という言葉を二度用いている。初句では対象の明確な把握を意味し、四句では行為の純粋性を示す。初句二句に示された目的と四句五句にてなされた行為とが、意味の上でも形の上でも鮮やかに照応している。しかし、押し付けがましさは感じられない。優美な印象を与える一首となっている。三句の五音律を欠いていることによって間合が生じて、妙子の表情、心の内が推測されるのである。

次の歌はどうであろうか。

草食はさびしきかな　窓なる月明りみるにひとしく　『朱霊』「楽想」（101）

（101）は五六〇九七と捉えることもできるであろう。四句を「窓なる月明り」の九音と捉えても特に違和感はないように思える。その場合、「草食は／さびしきかな／／窓なる月明り／みるにひとしく」と読むことになる。しかし、妙子は「薔薇玉―歌う日々―」と題する文章にて「草食は」の歌について次のように述べて、韻律に関する感覚を明瞭に記している（『孤宴』小沢書店　一九八一年刊）。

草食獣のさびしさと、四角い窓の月明のさびしさを等質のものとして感知するところから、歌は始まっている。二句に一。三句に一。四句に二。合計一首に四字の欠字、つまり字つまりがある。ギシギシと意味ある言葉の充塡でもりあがった歌の卑しさを避けて、この一首の内なる沈んだ情緒さながらに萎え、かつは明視あるうたが欲しかったからだ。五句三十一文字の歌の器は欠けた文字そのものの恩恵によってゆったりと透けてもいるのだ。

（101）の歌を妙子は、五六四五七と見なしている。一首を「草食は／さびしきかな／窓なる／月明り／みるにひとしく」と読むのである。欠字があることによって音律にゆとりが生じて、歌に玲瓏なる美が醸しだされるということである。妙子は音律が歌の質に決定的に作用することを重々承知していた。豊饒なる意味の空間と〈音律の空間〉は強い意識に統べられて生み出されたのである。

史の『ひたくれなゐ』にては三句に動詞の連用形を用いて、あるいは動詞に「て」「つつ」「ば」「ども」などの助詞を付けて、下の句に繋げていく文体に、物事の経過や因果に固執する表現の特徴が表れている。

墓地に春来てしだれざくらに花充てばうらうらとあそび祖霊来りき
齋藤史『ひたくれなゐ』「山湖周辺」(5)

蕁麻(いらくさ)のごとき神経を刈りはらひ汗したたれば・青き千曲川　「密呪」(54)

彼岸いづこか至り着くとも思(も)はねどもたんねんに丸めゐる中日の餅　「白露」(69)

藍格子身をとりかこむゆかた着てみづからに禁忌多き夏来る　「くだたま」(102)

花あかりわがたましひに沁み入るになほ昏(くら)しその片面ほどは　「夕鳥・ひかりごけ」(189)

しろがねの網のごときを拡げつつ来る春なり　立往生す　「背後」(212)

山国の風をかなしめゆきあたりつきあたりつつ　その山の壁　「風のやから」(480)

幼鳥巣より落ちたるは手を尽すとも死に至ることを祖母は教へき　「野鳥」(577)

上の句から下の句への繋ぎを見ると、（69）（189）（577）は逆接になっている。（69）では上の句、（189）では下の句に主眼が置かれている。しかし、暗澹とした思いや傷ついた心をいだきつつも、（69）では年中行事をないがしろにしない日常性に身を置く我を描きつつ、遥かな時空に思いを寄せる。（189）では慰撫を受ける心の内を丁寧に描写している。（577）ではその昔、祖母に教え諭されたことを綴る。自然の厳粛さの前で如何ともしがたい命があるのだと己に言い聞かせる心が、祖母の言葉を想起させる。

（5）（54）（102）（212）の四首は上の句から下の句への流れに、過ぎていく時間を意識させる。しだれざくらの咲く場所が「墓地」であり、そこに遊ぶ「祖霊」たちは何かいわくがありそうである。「蕁麻（いらくさ）のごとき神経」は夏草の不気味なまでの繁りを神経の苛立ちと巧みに結びつけている。史にとって夏は解放感を味わう季節ではなく、ゆかたの柄の格子に身を封じ込めなければならない「禁忌多き」季節でしかない。そして、豊潤な春には「しろがねの網のごとき」ものに心身を雁字搦めにされるのではないかと恐れる。いずれも心躍る時節の到来からは遠い描写である。

（480）は命令形をもって二句切れにしているが、四句までは歯切れのいい韻律の歌である。リズミカルな調べにて山国の生に弾みをつけているようでもある。しかし、風は山の壁にゆきあたり、つきあたる。壁に阻まれて吹き抜けることはできない。山国という閉鎖された土地に生きるしかない人の生きざまを風に重ねている。結句の前を一字空けて、立ちはだかる存在を強調する。結句から初句二句に戻ると「かなしめ」が深みを増して訴えかけてくる。

妙子は言葉の創り出す〈空間〉に意を注いでいる。史は初句から結句に至る言葉の積み重ねに韻律の勢いをもたせることによって、主張を確固たるものとしている。ある時点におけるものの状態をつぶさに視て写すことに固執した妙子と、対象における時間の経過を表現に引き受けていった史。そうした意識が韻律にも影響を及ぼしている。

安らぎの深層

心置きなくゆったりとした気分で過ごせる時間は誰にとっても貴重なものだ。どのようなときに安らぎを覚えるのかを歌った作品から、深層に潜んでいる恐怖や不安のたぐい、それを抑えようとする心の動きが見えてくる。

飛行機の窓に瞑り月夜を飛ぶ胎内生存のやすらぎありて

葛原妙子『朱霊』「良夜」（582）

月夜を飛行する機内にて、妙子は母胎にいる安らぎを感じている。月に照らされた上空という幻惑的な空間にて目をつむり、我の内側に意識を向けているときに湧き上がってきた感情なのである。（582）ではかくまでの安堵を表している妙子であるが、飛行機ならびに飛行機に乗ることに対して警戒心をいだいていたようである。

めのまへの湾(いりうみ)に落ちし飛行機を　然り、人も神もみざりき

『朱霊』「音あらざりき」(213)

(213)は一九六六(昭和41)年二月四日、東京湾に全日空の旅客機が墜落した事故を詠んでいる。午後五時五十二分に千歳空港を飛び立ち羽田に向かっていたが、羽田沖に墜落し乗客乗員一三三名全員が亡くなっている。

二月四日美しき金曜日暮れむとし今をりし飛行機空にをらずと

『朱霊』「音あらざりき」(212)

巨大なる物体飛行機虚空より落ちし影あらず落ちし音あらず

(214)

(212)、「美しき金曜日」の平穏は瞬時に崩れ去った。二月五日は妙子の誕生日である。心安らかに迎えるはずだった五十代最後の誕生日の前日の惨事であった。落下する飛行機は、人の目に留まらないのみならず、神の目にも留まらないほどであった。(212)の「今をりし飛行機空にをらずと」という驚きに、(213)にて「然り、人も神もみざりき」と応じている。さらに(214)の下の句にて「影」も「音」もないとしている。ある時点でのものの状態の描写に賭けてきた妙子にとって、「みざりき」「をらず」「あらず」という度重なる打消しの形は、受けた衝撃の大きさを物語る。「落ちし影あらず落ちし音あらず」として、突然の事

態によって異空間の扉が開いてしまったかのように描いている。一瞬前の時点と次の時点とを線で繋がっているものとしてではなく、それぞれを点として捉えてみせている。時間軸は細切れにされて一瞬前と今現在とは断絶してしまっているのである。

楠見朋彦は「歌を運ぶ乗り物―葛原妙子と自動車・鉄道・飛行機」（現代短歌を読む会編「葛原妙子論集」所収　二〇一五年刊）と題する論考にて、「巨大なる物体飛行機」の歌等に関して次のように述べている。

万葉以来歌われて来た鶴の首が、ふと折れることなど、あってはならないだろう、鶴を歌ってきた歌も、ふと折れることはないだろう。だが飛行機は墜ちる。それが現代である。現代に生きる者の実景である。花鳥諷詠を通して物事の本質に迫るとしていた象徴の技法は、ここにきて美とは一見無縁な乗り物を通して現代風に実践されたといえないだろうか。

時代に応じて象徴の技法は表現者によってしたたかに磨かれてきたのである。楠見の指摘にみるように、鶴の首が「ふと折れることなど、あってはならない」。

そらに伸べし長き頸骨ふと折れなば傷ましき白き鶴と思へり　『朱霊』「庭火」（362）

妙子は鶴の首が折れるようなことがあったならば、と仮定する。そのようなおぞましいことを想像してしまうのは、「白き鶴」のもつ極度に繊細にして高貴なる美ゆえであろう。おぞましい想像へといざなうところに対象の本質は見えてくる。初句「そらに伸べし」は表現を通してひたすら美を希求する妙子の志向を窺わせる。

飛行機のをらざるしばし球場の明確をたもち飛行場あり　『朱霊』「無影」（５１３）
飛べる機の気密破れて吸ふ酸素不足とならばわれら喘ぐべし　「地上・天空」（６２６）
蟬脱のさまに飛行機の或部分ひらきしづかに車輪のいづるを　「駿馬」（７１２）

（５１３）、「をらざる」という打消しの形となっているが、あるはずのものが急に消えてしまったわけではない。飛行機がすべて飛び去ったあとの状態なのである。機能を捨象したときの物の形は明確さを保つと指摘している。飛行場という機能を担っていないゆえに不安の兆しはここには無い。（６２６）は一連六十首の中にある。機内の様子や機窓からの光景を詠んだ歌を含めると、飛行機に纏わる歌は一連中、十八首を数える。抑えがたい恐怖が不測の事態を想像させるのである。不安の在り処を精緻に描写することによって、少しでも不安を解消へと向かわせたいのであろう。（７１２）、巨大な物体を昆虫を観察するように見ている。着陸した飛行機をその外部から眺めているゆえ、「いづるを」と余韻を感じさせる描写となっている。
史にとって安らぎとはいかなるものであったのか。

荒縄に腭吊されし魚の絵を見つつ心の和ぎゆくあはれ
齋藤史『ひたくれなゐ』「黄落のとき」（613）

（613）、絵画の構図に心が穏やかになっていく自分と知り、「あはれ」と嘆息する。「あはれ」は自分に向けられた言葉なのである。この絵の前では己の心を鎧う必要はないと感じていたのではないか。和ぎてゆく心は常のいつかしき心の状態を語ってもいる。「吊る」という言葉に史はこだわりをもっていたようである。

宙吊りのものに眼はゆく　玩具屋の天馬・口もてぶらんこに下る曲芸
『ひたくれなゐ』「耳もて問はむ」（39）
かたくなの西日となれば冬木立刑具にも似て何吊らむとす
「修那羅峠」（307）
洋傘に吊られてわれのゆくさきはいづこのスラムあるいは迷路　「濃むらさき」（601）
両腕を垂れて立ちゐる雨の中われは吊られしマントかしれぬ　「ひたくれなゐ」（687）

（39）、理由さえしかと分からないような焦燥感に囚われているときの表白に聞こえてくる。（307）（601）の「冬木立」や「洋傘」のさまは不安の投影である。「かたくなの」には史自身の強いこだわりが示されている。責め苛まれるべき者、裁かれる者であるという意識から逃れることはないのであろう。洋傘を差して歩く自分を「吊られて」としている。自分の意志に関わりなく自動的に運ばれていくのである。その先は判然としない。裁きを受ける者の受動的立場にも通じる。（687）にも自責に駆られた人の姿がある。「両腕を垂れて」は失望や諦めを思わせる。

史の歌の「吊る」という言葉には贖罪の意識が読みとれる。逸脱者や交渉相手を集団で批判し問責する〈つるし上げ〉や、江戸時代の拷問の一種である〈吊るし責め〉といったものにさえ通じる重い意味合いが、史の歌の「吊る」からは感じられるのである。日常にふと湧き上がってくる精神的な翳りは深い。

みづからに科せし流刑と下思ふこの寒冷の地にながらへて　『ひたくれなゐ』「信濃弓」（395）

流刑者の生をさげすみときにやさしくときにうすわらふ監視人もわれ　（396）

年月を逆撫でゆけば足とどまるかの処刑死の繋ぎ柱に　「かげ」（515）

流刑者は流刑地に死す　夕こだま空にかへりてのちの耳聾（しひ）　「つゆむし」（519）

前生（さきのよ）は水に棲みにき八月の干上る沼はわが処刑場　「ひたくれなゐ」（693）

流刑者は墓なし碑なし野のあたり黄色（わうじき）こむる日没のあと　（695）

水涸れし野のけものらはまばたきてその刑罰をふしぎがりゐつ　（698）

戦時中に信濃に疎開した史は戦後も東京に戻らなかった。その背景には生活者としての判断があったのであろうが、あくまでも史自身の責によるものであるかのように、（395）の上の句では記している。「ながらへて」には自分の生存に羞恥をいだいているような響きすらある。

律令制下の刑罰での五刑は、笞・杖・徒・流・死よりなる。流刑は死についで重い刑であるとされた。信濃は近・中・遠のうち中流にあたるが、いずれの流刑も期間は赦があるまでの無期限である。（519）に見るように終生、信濃を離れないと心に決めていたのであろう。下の句には声なきものの声を聞き届けようとする思いが溢れている。（396）では監視人も「われ」であるとしている。「やさしく」と「うすわらふ」に見られる人間の二面性への言及が鋭い。見る、見られるという関係性を自身の内側に置いて、一身をもって完結させているのである。幾重にも張り巡らした贖罪の意識によって己を雁字搦めにする。

史の著書『遠景近景』（大和書房　一九八〇年刊）所収の「おやじとわたし――二・二六事件余談」には次の記述がある。

護送の看守が一人に対し二名付添い、途中炊事場建物のうしろで眼隠しをしてから、壕内に誘導、十字架に縛り、両腕を伸ばさせて二ヶ所ずつ、第一関節と第二関節を縛りました。顔は、目を覆ってから、腹迄の長さ（巾八寸ほど）の白布でかくし（射手にわからせないため）ました。更に、頭を、みけんの照準点を黒点で印した布を当ててしばり、胸、正座した膝をしばったのは、落命後も姿勢の崩れないための処置であったのでしょう。

最も重い刑罰である〈死〉を賜った人間に比べれば、自分は一段軽い等級の〈流〉に過ぎないのだという自責は、史の生涯にわたって消えることはなかった。（515）は年月を遡り辛い現実にゆきあたることの苛酷を思わせる。

演習の機関銃音にまぎれしめ人を射ちたる真夏がありき

『ひたくれなゐ』「さくら」（652）

「ありき」として動かしがたい過去の事実であると示す。（652）の語る事情はあまりにも重く悲愴である。

（693）、「干上る沼」を自身の「処刑場」として、信濃という地を自分の命の終焉の地とする。時間軸の先端に生き存えた自分がいるという意識が鮮明に表れている。（695）の弔われることのない死、（698）の容易には理解されない死は、弔う者、理解する者としての史自身の位置づけを示して見せている。他者が死してのちの時間をひたすら己の内にいだき続ける。

妙子の「やすらぎ」は不安の解消された状態であり、不安の解消は一つずつの事態に対処することによってなされる。しかし、史にとっての「心の和ぎ」は自責の念とともにあったと言えよう。自身を苛む意識を持ち続けること、自責の念から逃れ得ない場所に常に身を置くことが、史にとって生の意味を成していたのである。

たたずみて人骨をみしやすらぎのいはむかたなし天の星流る　『朱霊』「北辺」（299）

六六（昭和41）年の北海道の旅にて妙子は古代の人の骨が展示されているのを目にしたのであろう。既に肉身の腐臭からはほど遠い人間の骨は、たとえ魂の在り処と見なすにしても形骸である。その前に佇みじっくりと眺め、妙子は「やすらぎのいはむかたなし」と自身の心境を言葉にする。人骨という形骸と向き合いつつ、この上ない充足を覚えている。その充足の深さが天との交感を果たしているかのような結句の表現を生んだのである。

心身を置く所

端的な喩を得ることによって歌は輝きを放つ。

光苔あらはるるごとひかりいでし楽音ありて秋暗く晴る　葛原妙子『朱霊』「西冷」(4)

光苔は高山の洞穴や深山の岩の間などの薄暗いところに生えて、わずかな入射光でも反射して青白い光を放つ。妙子は光苔の青白い光のもたらす神秘性に着目していたようである。「あらはるるごと」は光苔の発光する様子を、それと気づいたときの軽い驚きも含めて表現している。楽曲が光苔の青白い光を思わせるような幽さをもって聞こえてきた。感覚器を駆使して得た直喩を一首の生命としているのみではない。視覚的な把握によって表現された喩によって楽音を表し、更に楽音の聞こえる方向に視線を導かれるようにして秋空を描写する。視覚が聴覚を、聴覚が視覚を刺激するようにして喩が生まれ、やがて空へと視線は導かれていく。一首にひかりと音のうねりが生じた。結句は眩しいものを目にした心に兆す翳りまでも感じさせる。

『朱霊』にては七百十五首の約一割に昇る七十三首もの作品に、「ごとし」「ごと」が用いられている。「ごとし」という言葉のもつ硬質の音の響きは、妙子の歌の厳かにして静謐なる調べに合致する。

わがめがねひだりの玉の脱け落ちてしづくのごときは垂りしとおもふ
『朱霊』「雪鉢」(8)

両眼に月光のごときを溜めし人人物とはわれの頼める
「帰依」(334)

(8)、眼鏡のレンズという固体に対して「しづく」という液体を喩として用いている。固体が液体となり、思念すら流れていったかのようである。まるで自らの体の一部を落としてしまったかと思わせる喪失感を伴う描写でもあるが、結句を「おもふ」として冷静な筆致を崩さない。(334)では眼に宿るひかりを、その人の内心に通じる尊いものとして描く。「しづく」「月光」が淡い官能を呼び覚ます。

『ひたくれなゐ』七百十五首の中で「ごとし」が使われているのは五十六首である。妙子の数の四分の三にあたる。

きらめけよ我に降る雪　犯人にふりかかる天の刃(やいば)のごとく
齋藤史『ひたくれなゐ』「耳もて問はむ」(26)

刺客のごとく足音無く雪をゆくわれの背後より来る人も音せず　「夢織りの」（255）
きさらぎの雪のきららを髪にのせ花冠のごとく羞ぢらひゆけり　「ここはいづこの」（565）

史にとって雪に纏わる思い出は言い尽くせないほど深いであろう。北海道の旭川で過ごした小学校時代には同級生と送った健やかな日々があった。一九三六（昭和11）年二月二十六日の朝、帝都に降り積もっていた雪は忘れがたい白を心に焼き付けた。戦時中の疎開先から東京に戻ることなく戦後の暮らしを貫いた信濃の雪の根深さは、都会で目にする雪とは異なる厳しい表情をもって史を苦しめた。信濃の雪にひと冬中難儀しながら、史は遠い昭和のひと日の雪を繰り返し思うのである。

（26）の雪は責め苛みながら降る。天よりの懲らしめとして「我に降る」のである。初句の命令形は責められるべき我の意識の中にきらびやかなる矜持が存在することを告げる。（255）の「背後より来る人」も「われ」と同様に足音をもたない。それを史に向けられた「刺客」かも知れないと意識している。（565）は二・二六事件との関わりを考慮に入れなくても解釈できる一首であるが、歴史の道程を顧みることによって、歌の訴えかけてくる清浄と羞じらいの情は格段に深いものとなる。青年将校を巡る悲哀の陰翳が、時間軸の遥か彼方から現在の雪を照らし出す。夭折の友と、戦中戦後を逞しく生き抜いてきた史。思念への執念は自分だけが年を重ねてきたという女性的な羞じらいと重なり合い、雪を「花冠」となす。

追ひつめられてゐるはいづれぞ　まぼろしの捕網のごとき見ゆるたそがれ
『ひたくれなゐ』「鳥田楽」（３２４）

月蝕の夜の室内に坐りをり仄暗き投網にかかれる如く
『朱霊』「天使No.Ⅳ」（４４９）

いづこより投網（とあみ）なげられそれよりはがんじがらめの年月つづく
『ひたくれなゐ』「無銘」（３７７）

史の（３２４）、「捕網のごとき」という喩のみにて充分に心理は伝わるが、「まぼろしの」という言葉が内的衝迫の強さを物語る。

妙子の（４４９）は普段は気づかずにいる、内深く存在する我との邂逅を果たしたかのような静かな詠みぶりである。

史の（３７７）には「ごとし」は使われていないが、「投網」に着目して抽いた。妙子の（４４９）は「投網」にかかっている感覚を詠むが、史の（３７７）ではどこからか「投網（とあみ）」が投げられたという行為から歌い起こす。初句の「いづこより」にて行為のなされた場所の起点を、三句の「それよりは」にて時間軸上の起点を示す。時間と空間に起点を設けて、一所にて雁字搦めになり続けている「年月」に主眼を置く。

『ひたくれなゐ』に「夕鳥・ひかりごけ」の一連がある。一連二十二首中、後半の九首を、ひかりごけを詠んだ歌が占める。

> 佐伯裕子は『齋藤史の歌』（雁書館　一九九八年刊）にて「いきいきと緑金の苔のいきづくは若く失くせし何に似つらむ」を挙げて、歌が担っているものを分析している。
>
> そもそも、暗い世界に緑金の光を放つものへの執念は、史の歌にしばしば見られるものだった。『魚歌』で、「羊歯の林に友ら倒れて幾世経ぬ視界を覆ふしだの葉の色」とうたわれた友が、苔となって緑金に発光する光景を重ねて読むといっそうスリリングになるだろう。現実のそこにある存在のみの苔として読むよりも、遥かに広がりのある視野が展開する。それは、古くからある怨念と復讐の物語の回復ともいえそうだ。（中略）「若く失くせし」何かを陰湿な「緑金の苔」に喩えること自体、見えざる「彼ら」の力がうたわしめたもののように読める。

佐伯の解釈は、史と史を取り巻く人々に纏わる過酷なる出来事を掘り下げながら、より広い世界に存在する伝承や物語といったものにまで思索を及ぼしたものである。歌の背景を丹念に追った厚みのある読みである。

『秋天瑠璃』（不識書院　一九九三年刊）には次の一首がある。

蹶起することもなかりし低さにて光苔絶えずひかり反映しき

齋藤史『秋天瑠璃』「残紅」

三句の「低さにて」という描写は存在を卑下するものではないが、単純に憐憫の情を語るものでもない。下の句の光苔のかそけさへと繋げていくことによって、深い自省の込められた表現となっている。「絶えず」わずかな光に反応し続けるという植生に、史と友の魂の交わりを暗示する。

『秋天瑠璃』の一首からも、『ひたくれなゐ』の「夕鳥・ひかりごけ」の一連は夭折した友らの生死をひかりごけの植生に重ねていると読みとれる。

おびただしく言葉は朽ちてひそやかに光る苔らを育たしめたり

『ひたくれなゐ』「夕鳥・ひかりごけ」（２０１）

おのづから目さめし夜半に風通ふ湿暗黒の中のひかりごけ（２０２）

くらきかたのそこと指されて視るものの苔のひかるといふは幽（かそけ）し（２０３）

みまもれば捉へがたなき光（て）りかげりほとほとしくもみちびかれゆく（２０４）

虚とも実とも苔のひかりのうつろへり見のおぼほしき陽の蔭にして（２０５）

あかときの夢よりもなほみどりにてあやふき光移ろひにつつ（２０６）

いきいきと緑金の苔のいきづくは若く失（な）くせし何に似つらむ（２０７）

うちつけのひかりならねば怖（お）ぢやすき杳き記憶に似る輝（て）りかげり（２０８）

巨樹の根に抱緊められて崩れゆく石の間（あはひ）の苔も光るを（２０９）

（２０１）（２０２）、沈黙を強いられる状況下、圧しくるもののある抜き差しならぬ環境にあって、「ひかりごけ」は発光を繰り返す。その植生に思いは触発されていく。（２０３）にて「そこ」と指さすのは誰であるのか。過去の記憶に心を通わせる。（２０４）の「ほととし」は極めて危うい状態を意味する。光のかそけさに、おびかれるようにして導かれてしまう心を言うのであろう。（２０５）、些細なことから虚と実がすり替わってしまいかねない、歴史の深層を覗かせる歌である。（２０６）では儚さの自覚に浪漫性が宿る。結句に時の推移を詠み込む。

（２０７）は上の句の「キ」の音と三句四句の「ク」の音の繰り返しが緊張感のある韻律を生み、屈折した心境を示す。死者への思いをいだき続けるという自覚がとらせた自問の形であろう。（２０８）、突然のことではないとする心情は哀切である。（２０９）は歴史の渦中に翻弄されてゆく身をよしとする自虐的なまでの甘美を湛えている。

（２０１）から（２０９）を追っていくと、三六（昭和11）年当時の事件前後の展開を胸の中に反芻していることが伝わってくる。（２０１）の「言葉は朽ちて」は青年将校らの聞き届けられなかった言葉であり、（２０２）の「風通ふ」からは当時に心を通わせる史の姿が浮かび上がってくる。過ぎた時間の嵩を思えば、虚と実、夢と現のいずれもが儚くもあり強かでもある。この場所に低く身を置き、この場所を心の拠り所として、歌に詠まれたような実感を手放さずにいることが、史にとって生きるということなのである。「崩れゆく石の間（あはひ）」を凝視する姿は、歴史の深淵にまで心眼を光らせる史の在り方を髣髴させる。
「夕鳥・ひかりごけ」にては、ひかりごけを詠んだ後半の九首の前に置かれた十三首が、九首に対して深い意味合いを有する。十三首の中から五首を抽く。

鬼火よりさびしきいろに眼を燃せば夜のほどろにひらくゆふがほ
『ひたくれなゐ』「夕鳥・ひかりごけ」（188）
むらさきの葡萄一顆のつゆ冷えて咽喉（のみど）をくだる一脈の秋（190）
ささげ持つ秋のくだもの浄ければなにを祭ると知らずつつしむ（191）
暮れおつる地よりあかるき空の辺に今日のかぎりと乱れて鳴きぬ（195）
狩られては低き草生に身を伏せてかつがつ在るを鳥とおもふな（199）

（188）、一時の感傷にとどまらない、辛い過去と向き合う眼にのみ見えてくる花の清涼な姿がある。（190）、「一顆」を含めば「一脈」へと連なる時を意識する。（191）では、時を圧しとどめるようにして意識を一所にとどめさせる。「つつしむ」ことによって理解し得るものがあるのだ。（195）、下の句には声にすることの叶わなかった人の慟哭が籠もる。（199）の「鳥」は、いつの世にか死へと向かった、あるいは向かうこととなる人の姿である。
友の生きざま、報われなかった志の形象であるひかりごけを後半に置き、花や果実、鳥を詠んだ歌を前半に置く。一連の前半部分の花や果実を詠んだ歌群には、無念の死を遂げた命への供華の意味合いが込められている。鳥は冥界との橋渡しをして、彼の世の声を聞かせる存在として描かれている。

妙子の（4）の光苔の喩は感覚を自在に駆使して得られた。史の喩はあらゆる生と死の巨大な連環の中にあって、ひかりごけのかそけくありながらも強かな植生に、生きることの言い知れぬ深さを見出したことによる。ひかりごけの前に身を屈めるようにして低い視線にて捉えたことによって得られた歌である。信濃の風土に心身を馴染ませて生きるということは、ひかりごけの前に身を屈めて得た感覚を手放さずに生きるということなのである。

紙と橋

妙子は『朱霊』の「発光」の一連にて渡る人がいないときの歩道橋を詠んでいる。

ひややかな晴天に架かる歩道橋人渡らざる長き時間あり　　（600）
肉身の均衡あやふきわれがたまたま虚空の橋をあゆめり　　（601）
橋上にたたずむわれに朝の街霧のごとくに旋回しそむ　　（602）
くるりと廻り　くるくると加速度に廻りものみなうせむことのあるべし　　（603）
コーカサスの綱わたりはそらわたるもろ手に一本の竿を摑みゐき　　（604）
いま人をかならずむかうへ渡す橋汗ばみてわたる若者の群　　（605）
橋の上に人歩み去りふたたび橋は明るく宙に浮きにき　　（606）

葛原妙子『朱霊』「発光」

（600）、「人渡らざる長き時間」を侵し妙子は歩道橋上の空間へと侵入する。時間軸上のある一定の長さにわたって人が渡らない状態が続いたのであるが、妙子自身が渡ることによって変化が生じた。（601）、「肉身の均衡あやふきわれ」として自身の体そのものを描き出す。しかし、「肉身」には生身の息遣いや情動などは感じられない。まるで夢の中の出来事のようである。「虚空の橋」は辺りに騒音も聞こえず、人間の暮らす現実の世界から隔絶したところに存在する〈架空の橋〉に思われる。妙子はその橋を「たまたま」渡る。

われ一人のみわたりゐる横断橋　なにゆゑか街と切りはなされて

齋藤史『ひたくれなゐ』「無銘」（368）

史の（368）、「われ一人のみ」であるということに対する感情はこの世に一人在ることへの恐れに通じるのかも知れない。「横断橋」という空間に身を置いたときにふと湧いてきた感情なのであろう。自分の意志では如何ともしがたい事があることを下の句は示している。妙子が自身を空間に侵入していく存在として描写しているのに対して、史は他者との人間的な関係性を前提としている。

妙子の（602）、旋回し始める「朝の街」は、妙子自身を回転軸とした見方である。旋回を始める街は（603）にては加速度を増してゆく。加速度を伴ったように目まぐるしく空想が展開されてゆくのである。

（604）では「コーカサスの綱わたり」へと連想が展開していく。

一九五七（昭和32）年に、当時のソビエト社会主義共和国連邦にて作られた映画に「モスクワ・ボリショイ・サーカス　サーカスの芸人たち」がある。ボリショイ・サーカスのレニングラードとモスクワ公演を記録したドキュメンタリーであり、監督はレオニード・クリスティ。日本では翌五八（昭和33）年に公開されている。「コーカサスの綱渡り」はその映画の中に含まれていて、ツオークラ出身のアバカーロフ一座の綱渡りの出し物である。コーカサス地方は岩山が多いので、普段でも住民は綱を利用して山野を歩くことがあり、その綱渡りの名人がモスクワに呼ばれてサーカス団に参加することもあり得たのだという。ボリショイ・サーカスは日本で公演もされている。

映画を見たときの記憶か、実際にサーカスの公演を見たときの記憶であろうか。「そらわたる」とあるから、住民が岩山を渡る姿が掲載されている雑誌の頁が甦ってきたのかも知れない。（605）では「若者の群」という他者が顔を出す。「いま人をかならず」は人を渡さない時間があることを暗に示す。それは渡る人がいない時間であるが、渡ろうとする人が途中で消失してしまうかのような時間をも思わせる。やはり渡ろうとする人は橋上の空間への侵入者なのである。

（606）では再び無人の状態となり、橋は「宙」すなわち「虚空」に存在する状態に戻る。「明るく」は空間の開けた状態を指す。人に侵入されず橋上の空間にわだかまっていた鬱屈した空気が解けたようでもある。

（600）から（606）に至るまでに流れている時間は、「人渡らざる」「われがたまたま虚空の橋をあゆめり」「橋上にたたずむわれ」「汗ばみてわたる若者の群」「人歩み去り」というように、橋上という空間に生じた変化として表されている。

人も馬も渡らぬときの橋の景まこと純粋に橋かかり居る　　齋藤史『密閉部落』「異質」

橋の上に人歩み去りふたたび橋は明るく宙に浮きにき　　葛原妙子『朱霊』「発光」(606)

史の「人も馬も」の歌は、橋という構造物そのものを関係性の側面から考察している。用途や機能に関わりなく其処に存在している橋を目にしたときに、関係性から脱した〈存在の純粋性〉を見ている。対象が訴えかけてくるものを直截に受け止めて、そこから得た印象を簡潔に綴る。

妙子は対象に生じている変化を捉えて表現しながら、「虚空」「宙」に浮いた状態を空間における橋の本来の姿と見ることによって、〈存在の純粋性〉に言い及んでいるのである。

ゆきくれて渡る陸橋　わが足の下はいづくとも識らざる曠野　　『ひたくれなゐ』「さくら」(647)

去年(こぞ)の襤褸(らんる)も今年のぼろも引提げてはるのやよひの橋渡りゆく　　「ひたくれなゐ」(672)

深谷(ふかたに)に人ながら橋の落ちしとき四囲に雪山輝けりとぞ　『朱霊』「遠人」(388)

史の(647)、「ゆきくれて」には辺りが薄暗くなる時刻と、精神的に閉塞感に陥っている状態の双方が表れている。「いづくとも識らざる」という当て所のなさは、夫と母の介護に明け暮れるこの時期の史の歌にしばしば繰り返し綴られている。自分の足下に「曠野」を感じつつ孤独を携えての歩みである。踏みしめていくしかないのである。(672)、「去年(こぞ)の襤褸(らんる)」に更に「今年のぼろ」も携えていかなければならない。かかえたものは何一つとして途中で放り出すことはできない。身に負っていかなければならない事の多さは過ぎてきた時間の嵩でもある。その量に辟易としていたはずである。しかし、「はるのやよひの」と穏やかな季節を描きだす。時間に追われて精神的にも肉体的にも疲弊していたと思われるが、下の句の馥郁とした描写に気概を見せる。

妙子の(388)では、事故によって用途を絶たれた橋が詠まれている。「人ながら橋の落ちしとき」としている。橋が崩れて人が落ちたとするのではなく、人もろとも橋が落ちた、という表現になっている。上の句は「人」が主語ではなく、「橋」を主語として生身のもののように描く。結句を伝聞の形としたことによって古い時代の伝承を綴ったようにも思わせる。対象はまた、背後に潜むものに対して意識を及ぼさせる。

見えぬ花火間なく爆(はじ)けつ　町裏のここかしこ鈍き音はひそみぬ　『朱霊』「紙霊」(81)

屋上に暗きシーツの垂りてをり微風なき夜の花火の音　（82）

（81）、妙子は花火を目にしていない。視覚による把握にこだわりを見せる妙子がここでは花火が次々に爆ぜる音を聞くのみである。町裏の至るところには次に爆けるはずの花火の音が潜んでいる。研ぎ澄まされた神経にてその潜んでいる在り処を探る。目にすることはできないが確かに存在するものに対して威圧を感じていたのであろうか。「爆けつ」「ひそみぬ」と完了することを表す助動詞「つ」「ぬ」を用いている。現時点からほんの少し時間を遡った時点にて花火が爆けたこととその音を描写していることが克明に伝わる。（82）では「垂りてをり」と今目の前に存在するシーツを描写する。この夜の花火は空間に繰り返し出現し、変化しつつ、消滅するという状態を音によって示し続ける。変化する状態をもってこの夜の無為の時間が語られている。妙子の心にわだかまる何事かが「見えぬ花火」に重ねられている。

『朱霊』「紙霊」の一連に次の作品がある。

灰色の脳やはらかし父死にし日に咲き垂れてゐし栗の花　『朱霊』「紙霊」（84）

（82）の屋上に垂れていた「暗きシーツ」は、「栗の花」に纏わる記憶を呼び覚ましたのではないか。栗は六月ころ花穂を出し淡黄色の細花をつける。妙子の父、山村正雄が亡くなったのは四七（昭和22）年六月である。正雄は外科医であった。（81）に詠まれた「見えぬ花火」

は妙子自身の悲しい記憶にも繋がっていく。妙子が執拗に花火の在り処を探っていたのは、自らの内なる暗い感情に行き着いたからである。

美しき紙霊は立つひと日わが成したる反古を眺めてあれば　『朱霊』「紙霊」（92）

かりそめにただよひゆけば一枚の紙もわが身も白き五月野　『ひたくれなゐ』「桜桃」（329）

文字のなき紙が一枚づつめくらるるを慄然として見て居りにけり　「ひたくれなゐ」（703）

妙子の（92）には「紙霊」という一連のタイトルになっている言葉が詠み込まれている。「紙霊」とはたぐい稀なる神秘性を有する言葉である。言葉の響きからすると薄く漉いた和紙か、あるいは繊細な模様の入った上質の紙を思わせる。しかし、どことなく不吉な印象を受けるのは音が「死霊」に通じるからである。反古をじっと眺めているとやがて紙霊が立ち上がってくるという。完成された作品の背後にある、活字にされることのない膨大な数の文字、廃棄される紙の嵩に思いを及ぼしているのである。

史の（329）、一枚のまっさらな紙のように自由な心をもって五月のかぐわしい野をゆくのである。夏が来る前のまだ日に焼けていない肌が眩しく感じられたことであろう。ただこの軽やかな気分は「かりそめ」のものである。初句二句によって、日常の些事やしがらみからの解放が一時のことに過ぎないことと、その前後に続く絶え間の無い精神の緊張が読みとれる。そうした時間の暗示が三句以下の美しさをこの上ないものとしているである。（７０３）、「一枚づつめくらるる」とあるが、まるで一人ひとりになされる運命の宣告のようである。（７０３）の前後には、

このゆふべ死後の薄明ながれ来て病室のひとりゆきがた知れず
『ひたくれなゐ』「ひたくれなゐ」（７０２）

癒えずして退院する人がさしのべし羊皮に似たる掌を握るなり
（７０４）

の作品がある。命を喪った人がいるのであろう。退院する人が完治したとは限らない。（７０２）、「ひとり」の死の前後の時間を逆行させ描いているような不思議な感覚を覚える。（７０４）、生命力の失われた掌を「羊皮に似たる」と鋭く見てとる。衰えを知りつつ感情を抑えて処している様子が結句から伝わる。（７０３）の「文字のなき紙」は人の命が今後どうなるのか不明であることを示す白紙の状態なのである。紙を捲るのは運命を司るものの手であり、退院する人の掌を握る史の掌はその感触から人の命運を感知する。絶対者の意志を史自身が垣間見てしまった瞬間だったのではないか。

熨斗のごと水上にかかる橋ありてひとたびわたる　われは旅人

『朱霊』「地上・天空」（672）

（672）はヨーロッパを旅したときの歌である。熨斗は進物に添えるものである。「熨斗のごと」という畏まった印象を与える喩からは旅に在る妙子の心情が伝わってくる。旅人の意識をもって妙子は橋を「ひとたびわたる」。旅という非日常の空間に架かる橋であり、通り過ぎていくのみにて戻ることはない。一回性へのこだわりが「われは旅人」と言わしめているのである。ここに妙子のノマド的な精神を読みとることができる。

定住民に対して流浪の民や遊牧民を指すノマド。必要なだけの荷を携えて旅する妙子の横顔に、ふとノマド的な心持が垣間見える。それは此処ではないどこかを求め続ける心であり、此処なる一所に全霊を傾ける心でもある。勿論、妙子に生活者としての経済観念や居を構えている土地への愛着はあったと思われる。しかし、『朱霊』の「後記」にて「省みて『朱霊』をもふとき、『歌とはさらにさらに美しくあるべきではないのか』といふ問ひに責められる」と記した美を希求する心こそが、妙子にノマド的な精神を持ち続ける強靭さをもたらしたのではないか。（672）の「ひとたびわたる　われは旅人」はその心持を表している。

対象との関係をどう結んでいくかに創作の在り方が見えてくる。

内なる邂逅

他者を歌に詠むのはその人が作者に切なる何かを訴えかけてくるからであろう。

みたび主を否みしのちに漁夫ペテロいたく泣きしをわれは愛せり

葛原妙子『朱霊』「紙鳶」(697)

(697)は『新約聖書』から主題を得た歌である。ペトロはイエスに「わたしはこの岩の上にわたしの教会を建てる」とまで言われるほどの弟子であった。しかし、ユダの裏切りによってイエスが捕らえられたとき、イエスと一緒にいたことを言われると、「そんな人は知らない」と三度までも答えてしまう。以前イエスに「鶏が鳴く前に、あなたは三度わたしを知らないと言うだろう」と言われたことを思い出し、ペトロは激しく泣く。ペトロは己に激しく絶望する。

妙子は人間の拭いがたい自己防衛の本能を暴きだしつつも、葛藤する姿そのものに慈しみを示している。結句にて「われは愛せり」とまで自身の気持をあらわにしている。その表白は己の内心から目を逸らさずに向き合う人のものである。人間の弱さ、狡猾さ、愚かさを愛してきたと言葉にする。

荒起せる土塊のひとつひとつづつ生きたるときカインを怖る『朱霊』「北辺」（270）

桃畑愛せしユダよみづからの桃の畑にくびれしや否や「鴫」（444）

イエスの十二使徒でありながら、ユダは祭司長たちのところに行き、銀貨三十枚の支払いを受けることでイエスを彼らに引き渡すことを約する。その後イエスに有罪の判決が下ったのを知り後悔して、彼らに銀貨を返そうとするが突き離される。銀貨を神殿に投げこんで立ち去ったのちユダは縊死する。

妙子の（444）の「ユダよ」には、やはりユダへの慈しみの情が感じられる。結句は心中を慮っての言葉である。

（270）についてはどうであろうか。アダムとエバの子のうち兄のカインは土を耕す者となり、土の実りを主のもとに献げる。弟のアベルは羊を飼う者となり、羊の中から肥えた初子を献げる。主はアベルとその献げ物に目を留め、カインとその献げ物には目を留めなかった。カインは激しい怒りを覚え、弟のアベルを殺してしまう。

妙子は「カインを怖る」としている。この怖れとは、自らが制御をなし得ない己の感情に対する恐怖を物語っている。（270）は一九六六（昭和41）年秋に北海道の東部を訪れて成した「北辺」の一連に含まれている。カインの激情に思索を及ぼしたのちに北の大地の荒々しさを実感しているのではない。土塊のひとつひとつがまるで死の淵から甦った生き物と化して迫り来るように思われたときに、妙子はカインの激しい嫉妬から生じた怒り、憎しみをひしひしと感じたのである。実際に大地に立ったときに体感したことから、カインの感情をありありと感じている。観念的な把握を経て実感を得るのではなく、眼前の光景から己自身の感情を目のあたりにする。

これらの作品においては「われは愛せり」「怖る」という直截的な感情表現がなされている。ペトロのような、あるいはユダやカインのような性情をもつ自らに逢着したときの心の震えが剝き出しとなって綴られている。妙子は聖書に記された人物を通して己の感情に行き当たっている。聖書の人物とその言行が妙子の内奥を抉り出し、あらわな感情を白日のもとに曝け出しているのである。当時の妙子にはキリスト教への帰依はなかったが、触発される思いのあることが伝わってくる。

『ひたくれなゐ』には村上一郎を詠んだ歌があり、彼の逝去に対して哀悼を寄せている。

村上一郎（一九二〇〜七五）は東京商科大学（現、一橋大学）卒業後、海軍に入り主計大尉として終戦を迎えた。戦後は「日本評論」に記者の職を得るが、占領軍のプレス・コード違反により職を失う。その後は文筆生活に入っている。そして、六四（昭和39）年に文芸思想個人誌「無名鬼」を創刊した。村上は過激にして繊細な気質であったがゆえに、戦後への違和感を強くもつこととなる。違和感は次第に埋めがたいほどのものとなっていった。五十四歳にて自刃するに至っている。

「無名鬼」は六四（昭和39）年十月の創刊号から七五（昭和50）年十月の村上一郎追悼号に至るまで、全二十一冊が刊行されている。二十一冊中には、山中智恵子、百々登美子、清原令子、佐藤通雅、馬場あき子、斎藤すみ子、河野愛子、北沢郁子、岡井隆といった歌人の歌が収載されている。追悼号から三首を抽く。

われに降る月日はありてしんしんと夏くらみつつ君のしづもり
馬場あき子「げに花は落つるものなる」

霧や降る谷間の水よ訣れては胸に住むとぞかなかなのこゑ　百々登美子「のちの星夜に」

戦（たたかひ）を生きて越えたるみにくしと常（つね）おもふ世代のひとりにかあらむ
岡井隆「記憶への献辞」

馬場の歌は自身に降り積もっていく月日を自らの内側を見つめて描く。そして、植物が繁茂し生き物が生を競う夏の小暗さの中に、存在に纏わる悲しみを捉えて死者を悼む。百々は形なき声を胸に住まわせて面影を偲ぶ。谷間の水の清涼が思惟の純粋を物語る。岡井は世代の負う深い傷に言い及び、歴史の渦に飲み込まれていった個の姿に思いを馳せる。

村上の歌集『撃攘』に歌の特色を見てみたい。

背うつくしき甲虫も野に死なしめて幾夜の悔いかわが歌ふなる
村上一郎『撃攘』「序の章　夭折所期の歌」

友ひとり南の海に死なしめてわれ暗然と茶をする日や
「第一の章　米夷邀撃の歌」

組織みな消えゆけ額にきらめきてひとつ真近に立てる虹の根
「第二の章　敗戦母国の歌」

信ずべき人ひとりあれと願ふ日もここだく繁しあぢさゐの花
「第三の章　変革春恋の歌」

夕されば悲しみ湧けり楽のごとこのたまのをの断たるときはも
「第四の章　怪力乱神の歌」

一首目、二首目は戦中に、三首目以降は戦後に詠まれた作品である。一、二首目は戦いの犠牲となった命に対して「死なしめて」と自責の念に駆られた詠み方をする。「わが歌ふなる」「われ暗然と茶をする」と詠む過剰なまでの自意識が己を苛む。戦後は更に精神的な疲弊の色の濃い作品が多くなり、時を経るにつれて諦念を強くしていったことが窺われる。悲愴な状況に追いつめられているときでもどこかに研ぎ澄まされた清澄さを湛えている。

村上に寄せた史の二首。

風疾み萱野笹原さわ立てり無名の鬼の過ぎゆきにけり　（悼　村上一郎氏）
齋藤史『ひたくれなゐ』「ひたくれなゐ」（689）

男・鬼の一人なりしあとがへりせぬさかひまで迫めて生を断ちしかな　（690）

（689）の「無名の鬼」は村上の発行した雑誌「無名鬼」へのオマージュを含む。村上という一人の人間、その生き方を通して、名を知られることもなく歴史の闇に命を落としていった多数者の影がちらつく。風に草はらがさわ立つ音に無名者のレクイエムを聴きわけ、野の茫漠とした空間に葬列の気配を感じとっている。初句二句に描かれた野は、時間軸から解放されていて、どの時代とも場所とも特定することを要さぬ空間なのではないか。無名性とはそういうものであろう。村上の死が史の意識に、あらゆる意志や感情の集うことを許された空間を呼び起こしている。それは妙子のように対象を理解するために創出された空間ではない。対象そのものが自ずと呼び起こす空間である。

（690）では社会に対して妥協するといった打算的な関係を拒むようにして己の心にのみ忠実に突き進んでいってしまった村上の生きざまの中に、壮絶な死との向き合い方を見ている。村上という男は鬼の一人であった、という詠嘆こそ村上へのこの上ない弔辞である。

史の歌にみる「無名の鬼」は、日本の風土と歴史が深く絡み合ったところから生まれてきた言葉であるのだろう。言葉が大きな風体をなし、無数の存在を言葉の内にいだき込む力をもっている。

村上の死後には歌論集『歌のこころ』（冬樹社　一九七六年刊）が上梓された。「私の愛誦する歌」と題する文章の中で、史の『魚歌』のころの作品について述べている。

わたしがこれらの歌を愛し、それらを手本としながら、己れの文学を形成し始めていったのは、女史の父・斎藤瀏やその同志たちに共感するからではない。（中略）短歌というものは、古来日本人の抒情詩として最高の形式であった筈であるのに、明治後期から、いわゆる自然主義の盛行によって、その浪曼性を喪いかけていた、その在り様に、敢然と抵抗し、新しいロマンティシズムを振るい起した一つの契機を、女史のこの時代の歌に見出したということである。

村上は史の作品に「新しいロマンティシズム」を指摘している。それは『魚歌』の作品について、「その歌ひ口はモダニズムと日本浪曼派の感性のはざまで、はじめ軽やかにほぐれはじめ、やがて沈痛な声調へむかはうとしてゐる」（『昭和精神史』文藝春秋　一九九六年刊）と評した桶谷秀昭の言葉を思い出させる。

村上が史の作品に寄せる敬愛は、短歌という詩型に対しての純粋なる情熱、理想の文学への思慕によるものであった。史の村上への挽歌は、文学に寄せる村上の至純の魂に応えようとしたものである。

心動かされた対象を詠んだ歌は、自らの精神の核をなしているものとの邂逅を果たしているように思われる。

自己意識

史は水との親和を感じていたようである。

わがとほき水分神(みくまりがみ)よ秋乾く萱生をわけて訪ひがたきかも
齋藤史『ひたくれなゐ』「つゆむし」(529)

前生(さきのよ)は水に棲みにき八月の干上る沼はわが処刑場
「ひたくれなゐ」(693)

水分神は流水の分配を司る神のことである。『古事記』には速秋津日子・速秋津比売の子である天之水分神・国之水分神の二神が見られ、各地の水源地に分祀されている。(529)の「とほき」は空間における距離とともに時間的なはるけさも示す形容である。下の句には漠然とした思いが静かに自己意識へと到達していく過程における逡巡が含まれている。(693)、生き物の棲息を拒むかのごとく干上がった沼を「わが処刑場」とするほどの胆力は凄まじい。

水との親和は若い頃から感じていた。

遠い春湖（うみ）に沈みしみづからに祭りの笛を吹いて逢ひにゆく　　齋藤史『魚歌』「罠」
夜ふかく湖（うみ）の底ひに落ち沈む石の音ありてわれを嘆かす　　「相」

ひたすら浪漫性をわがものとしていた時期の作品である。『ひたくれなゐ』に至っては（529）（693）に見るように、過去の事象が内深く影を落とすようになっている。水は何らかの予兆にうち震える心を映す鏡でもある。しかし、史は水なるものに深い信頼を寄せていた。

水ならぬものが路上にあふれゐて予感不幸のごときがありき　　『ひたくれなゐ』「無銘」（367）

「水ならぬもの」の具体は示されていないが、水に親和をいだいている史にとっては水でない何かが溢れているさまは不安を増幅するものであったに違いない。「不幸」と断定はせずに、「不幸のごとき」という喩にとどめている。初句にて具体を示さず下の句にても曖昧な喩を用いて、「予感」とはかかるものであると示す。

壺を詠んだ歌にも自己意識が見受けられる。口が細くつぼまり胴がまるく膨らんだ形が女性の体を連想させる壺は心情を託しやすい。

卓上に塩の壺まろく照りゐたりわが手は憩ふ塩のかたはら
葛原妙子『朱霊』「西冷」（2）

塩の壺空（から）となりゐつわが家のいづこにも塩なき時間過ぎをり
「不問」（115）

虹鱒の虹のうろこを焼くに慣れ塩壺の塩砂より乾く
『ひたくれなゐ』「密呪」（57）

藍壺の藍・淵よりもくらきなかにのめりこみつつ沈む糸かせ
「くだたま」（98）

どこに置きても位置のふさはぬ壺ひとつ水なみなみと充たす日の暮
「凪たてば」（182）

妙子の（2）で目にしているのは「塩の壺」である。壺の傍らに手を置いているのであるが、手が憩うのは「壺のかたはら」ではなく「塩のかたはら」であるという奇妙な言い方をしている。このとき妙子の意識の中で壺は形象を解かれていたのではないか。目にしているものではなく意識の向かう先に在るものが、妙子にとって存在するということなのである。

『新約聖書』の「マタイによる福音書」第五章には、「あなたがたは地の塩である。だが、塩に塩気がなくなれば、その塩は何によって塩味が付けられよう。もはや、何の役にも立たず、外に投げ捨てられ、人々に踏みつけられるだけである」と記す。社会の腐敗を防ぐために役立つ者を塩に譬えている。妙子にとって塩のもつ意味とはかかるものだったのではないか。塩気をもった塩は叡智や純正な精神性に通じる意味を内包するものであり、「塩のかたはら」に手を置くとき、妙子は充足を覚えたのである。（115）の「塩の壺」は既に空になってしまっていた。「ゐつ」の完了を意味する助動詞「つ」が空のままに既に時間が経過していたことを示す。取り返しのつかない時間が不安を掻き立てる。

史の（57）、消費するためにだけある塩は無くなれば補充すれば足りる代物であり、本来の用途以上の意味を担うものではない。しかし、その状態に在り慣れたとき、ふと不信や懐疑が生じてくることがある。

（98）では「藍壺の藍」とある。

藍は藍草で染めた色の総称であるが、日本ではタデ科の藍が用いられてきた。日本、中国北部、ヨーロッパでは、藍の色をつくるとき藍を刈り取って細かく刻み乾燥させ、葉だけを積み上げて水をかけて繊維を発酵させる。三か月ほどかけて堆肥のようにして保存するのである。この状態を蒅（すくも）という。また、木灰に熱湯を注いで二、三日置き、その上澄み液を漉して灰汁を準備し、蒅と灰汁を藍甕に入れて二十度前後の温度に保つ。十日くらいたったところで、ふすまを加えると発酵が促され、その後、さらに二、三日するとやっと染められるようになる（吉岡幸雄『日本の色辞典』紫紅社　二〇〇一年刊）。気の遠くなるような作業の末にようやく染めることができるのである。

（98）の「くらきなかにのめりこみつつ」は藍の染色の工程を想像させ丹念な言葉で綴っているが、執念き生き方や苦渋を読みとることができる。（57）の「塩壺の塩」と同様、何か教訓的な感のある一首である。

（182）はどこにもしっくりとくる置き場の見つからない「壺」に自身の孤独を重ねる。妙子は叡智や精神性を表す「塩」で、史は自身との親和を有する「水」で、「壺」の内なる空洞を満たそうとした。

夜のしづか　われに似る者硝子戸に老いたる鶸（ひは）のごとくうきいづ
『朱霊』「夕べの声」（534）

われはなぎさの漂着物のひとつにて其処の何とも無縁に朽ちぬ
『ひたくれなゐ』「夕鳥・ひかりごけ」（198）

妙子の（534）、「われに似る者」という婉曲的な言い方を選ぶ。また、初句と二句の間の一字空けによって場面の静寂が印象づけられた。こうした描写によって「硝子戸」は異界を映し出す鏡のような役割を果たす。「うきいづ」という自動詞をもって、硝子戸に映る己の姿を異界からふと現れた何者かのように描き出す。「老いたる鶸（ひは）」の譬えは辛辣極まりないが、「われに似る者」という婉曲的な表現によって柔らかみをとどめている。

史の（198）には、暮らしの場所として自らが選び住み続けた信濃の地に根を下ろしきれていないと感じたときの、自身への諧謔を「漂着物」という言葉に込める。もし信濃の風土に心から馴染んでいたとしても、なお口にしたかも知れない。夭折の人々に対して生き存えたという意識が口にさせる言葉である。「朽ちぬ」として己を形を失ってしまったもの、消滅してしまったものとしている。其処に在る何とも無縁なままに朽ちてしまったと、既に己の人生を概括しているのである。実人生において肉体の死、精神の死に幾度も遭遇した人の言葉である。

ときに希ふすこしだけわが生けぶらひて月下の猫のごと柔媚なれ
『ひたくれなゐ』「夜の雪」（625）

さくらばな咲きしときこゆ猫よりも怠りふかき目をわれは挙ぐ
『朱霊』「冬の人」（510）

史の（625）、ときには猫のような強かさ、しなやかさを自分のものとして人をけむに巻きながら生きたいものだという。「ときに」「すこしだけ」という頻度や程度を表す言葉によって控えめな表現にとどめているが、遊び心を感じさせる歌である。

妙子の（510）は、「きこゆ」と伝え聞いた形にした二句の静的な姿勢が、三句以下の表現に優美さをもたらした。三句以下では自身の動作を描いているのであるが、スローモーションの映像を見ているようであり、「怠りふかき目」が印象に残る。開花を告げる人の声が聞こえてきたからといって直ちに行動には移さず、まず目を挙げるにとどめている。外界に対して慎重の態である。見ることによって外界への対処は完了するのであろう。

史は「希ふ」として願いの内容とは正反対の自分を意識している。妙子は「猫よりも怠りふかき」として既にその性質を手にしていると語る。

自己意識は他者が自分をどのように見ているかを知ることによっても芽生える。

われの人相に神性ありと言ひたりし易者も死にて久しくなりぬ
『ひたくれなゐ』「ひたくれなゐ」(677)

秋の時計壁にかさなりて時をうつ音さはに打つ　わが目の大きく
『朱霊』「薔薇菓子」(122)

かくおもたき母の睡りをいづかたに運ばむとわが子の姉妹ささやく
「姉妹」(327)

史の(677)、「人相に神性あり」と言われてしまうことは致命的な宣告と言えるのではないか。衝撃的な言葉であるが、そう告げた易者の死すら既に過ぎ去った遠い日のことであるとして、一首の中にて歳月を語る。告げられた言葉を咀嚼してきた歳月なのである。(122)、店の時計が一斉に時刻を告げる音に驚いたと言いたいのである。見開いた目の大きさを殊更に強調するのも自己愛によるものであろう。(327)に表現されているのは母の体の重たさではなく、「おもたき母の睡り」である。これによって生活実感を伴った肉体ではなく、体軀はオブジェと化したようである。「かく」と自嘲気味に語っていることからも自分の体軀を客観視していて、ここに妙子のエレガンスを見る。

音楽

疲れたときや気分が落ち込んでいるときなどに好きな音楽を聴くと自然と心が癒されるものである。音楽は人の感覚に訴えかけてきて心を安らぎに導き、至福の時間を創り出してくれる。しかし、ときに危険な力をもつことを知らされる。

音楽の有する特殊な効果について、ダイアン・アッカーマンは『感覚の博物誌』（岩崎徹・原田大介訳　河出書房新社　一九九六年刊）に記している。

音楽は純粋な感情と同じで、波のように押し寄せ、風のようにそよぎ、荒れ狂ったかと思うと穏やかになる。その意味で音楽は働きの似た感情をしばしば象徴したり、映しだしたり、人に伝えたりすることによって、私たちをうんざりするほど精巧だが意を尽くすことのない言葉から解放してくれるのだ。

「うんざりするほど精巧だが意を尽くすことのない言葉」は、意思の疎通をなすための努力を発言者と聞き手の双方に常に要求して、たちどころに思考を求めてくる。それに対して音楽は純粋に奏でること、聴き手の耳に届くことをもって足りる。緊張を強いられている日常から逃れたいという衝動すら、その場に居ながらにしてすぐさま叶えてくれるのが音楽なのである。「言葉から解放してくれる」という表現は、音楽の有する危険な側面も言い当てている。

音楽を攻撃手段のうちに用いた例を「常陸国風土記」の「板来の村」の記載に見ることができる。ここでの「音楽」は「うたまひ」とされ、音曲と歌舞とが一体になったものであるが、このときの「音楽」に用いられたのは、「肥前国風土記　逸文」に記されている「杵島曲」と言われる、歌詞に節付け振付けにて歌い踊るものであった。

「国栖」と呼ばれた先住民を土窟から外へとおびき出したのは音楽の力による。先住の民にとって耳にする音楽は戦意を喪失させるのに値するものであった。

あられふる杵島が岳を峻しみと草採りかねて妹が手を執る

『万葉集』（巻三・三八五）には、

あられふり吉志美が嶽を険しみと草とりはなち妹が手を取る

とあり、広い流伝を有している。

松田修は『蔭の文化史』（集英社　一九七六年刊）にて、「常陸国風土記」の国栖人に心を寄せている。

凶悪暴戻（ぼうれい）といつの日にも語られているネイティブが、じつは、「音楽（うたまひ）」の甘美さに誘われ、生命の危険をさえ忘じ果てる優しい性（さが）を持っていたのだ。ハンメルンの笛ふきに誘い出された子供たちさながらに、純にして神に庶（ちか）いもの、いな、神の心そのものを、ここにみることができるだろう。

美しいものを美しいと感じる曇りなき心の純正を逆手にとられ、その仕掛けに気づくこともできずに先住の民は滅びへの道を辿ることとなった。それほど心惹かれる音楽である。憧れてやまぬ音楽を自らの手に収めることが叶えば執着するのは自然の情である。齋藤史の歌によって音楽のもつそうした側面に焦点があたる。

笛の音のあはれは思へ戸隠の鬼とよばれしものもいのちぞ

齋藤史『ひたくれなゐ』「鬼供養」（422）

山のものあるは人よりやさしくて笛の虚音（そらね）を恋ひやまざりき（423）

火と荒び追ひつめられてゆきし鬼のなかなかにして死なれぬあはれ（424）

笛絶えて鬼も絶えたり戸がくしの巌山ある夜石鳴りわたれ（425）

餓ゑて棲み笛一管をつたへたる親もその子も鬼はさびしき　（427）

めつむれば非在のもののわらふこゑ　遠音さすなる空の風笛　（428）

「鬼供養」の一連には「むかし、戸隠山に『官那羅』といふ鬼棲み、笛の上手なりき。みやこびと『業平』そのよき笛を騙り取りてかへり、みかどに奉る。かへしたまへと願へどもきかれず、京に上りゆきて乞へども、帝、御いらへなし。鬼おおいに（ママ）いかりて、荒び狂ひしが——やがて討たれぬ」と詞書が付されている。

在原業平が主人公とされる『伊勢物語』とも遠く呼び交わすようにして、「鬼供養」の一連は展開する。（422）にて鬼の「いのち」に言い及び、敗者に心を寄せる自身の立ち位置を示している。（423）では空音に「虚音」の文字を用いている。正史から遠ざけられて虚実の虚の中に封じ込められた人々を証しようとすれば、「虚音（そらね）」にこそ耳を澄まさなければならない。

（424）の「火と荒び」は古代の鍛冶集団を思い起こさせる。谷川健一は『青銅の神の足跡』（集英社　一九七九年刊）において、鍛冶集団に属する人の特質を記す。

…たたら炉の仕事に従事する人たちに、一眼を失する者がきわめて多く、それゆえに、彼らは金属精錬の技術が至難の業とされていた古代には、目一つの神とあおがれたと私は考える。

見る人によって、あるいは見る角度によって、対象はいかようにも判断されてしまう。人間のつくり出す矛盾に満ちた観念を引き受けて生きる存在こそが鬼なのであろう。

（424）の「なかなかにして死なれぬ」は負を背負わされた者の過酷な生を思わせる。（425）、鬼の息絶えたのちの景への呼びかけは風土への愛着を深くする。（427）、伝承と現実が一体となって迫る。（428）、黒暗に生きる悲しみの末に「非在のもの」はついに声のみに笑う。その声を聞き届けるために史は不可視なるものが存在する空間を凝視する。非在のものの声を聞き届ける耳は、音楽に惹かれる心を抑えがたかった者たちの耳からかけ離れたものではないと思われる。

『朱霊』の中にあるのはどのような楽なのか。

受洗のみどりご白しあふ臥に抱(いだ)かれて光る水を享けたり
葛原妙子『朱霊』「あらはるるとふ」（199）

疾風はうたごゑを攫ふきれぎれに　さんた、ま、りぁ、りぁ、りぁ（200）

オスローの税関に立つ彼(か)の一人　白夜にねむらざる者立てり「青檻褸」（676）

蕗の葉のさわげる影は西方(せいはう)の憂ふる楽(がく)の中をさまよふ（677）

（199）はみどりごの洗礼の場面を描き、印象派の絵画のように輝きを放つ。（200）では一転して暗鬱な気配が覆う。その暗鬱は（199）の場面に既に内包されていたものなのである。聖堂の外の疾風の音に遮られるようにして歌声は途切れがちになる。下の句の読点が効果的である。楽曲の音量が小さく切れ切れになっていくことで、みどりごの存在の危うさが浮かび上がってくる。（676）、税関に立つ一人の男性は北欧の白夜そのものを思わせる神秘性を湛えている。（677）にて聞こえてくる楽はどこか哀調を帯びている。楽の音の流れる中に植物の影が揺れ動くとする。楽から受けるイメージを銅版画の繊細な線で彫り上げていくようである。（199）（676）にて視覚の捉えた具体的な場面と、（200）（677）の楽音とは、互いに切り離しがたく相互に補完しあう関係にある。視覚が捉えた（199）（676）と聴覚が捉えた（200）（677）によって、それぞれ一つの場面が完成を見る。（199）の「みどりご」「白し」、（676）の「白夜」や（677）の「蕗の葉」に見るように、「みどり」と「白」の色、あるいは言葉を巧みに配置して、楽の性質がいかなるものかを推察させる。妙子にとって楽音は「みどり」と「白」の冴え冴えとした純粋性とともにあったのである。

さびしくて今宵雪のそそぐを聞く　とうとひびきて打たむ鼓もあれ

『ひたくれなゐ』「夢織りの」（254）

古ピアノ鳴らぬ鍵持ち一音づつ欠けて歌へる黒人霊歌

「湿原」（455）

妙子の楽を静謐とするならば、史の楽は寂寥そのものと言えよう。(254)、「打たむ鼓もあれ」と冀う楽は現実には聞こえてこない。耳にするのは雪のそそぐ音である。「とうとひびきて」聞こえてくる鼓の音があるならば、それに答える声をもっているものを、という史の思いは叶わない。雪の夜が個の存在を浮き彫りにする。(455)、黒人霊歌はアメリカ黒人のキリスト教的宗教歌である。旧約聖書に題材をとり、五音音階で歌われるものが多い。南北戦争後に全米に広まったとされる。「一音づつ欠けて」としたところに、少しずつ望みが潰えていく空しさを覚えさせる。致し方ない寂しさや空しさを埋めるものは、史にとって歌の言葉しかないのだろう。

ダイアン・アッカーマンは、音楽は「言葉から解放してくれる」と述べた。短歌は韻律を内在している。言葉からの解放ではなく、言葉への探求を試みることによる魂の充溢を、歌を詠むことによって果たすこともできる。

身体の在る地点

象徴的な美として崇められてきた富士の姿を、妙子は「白盲」と捉えている。

澄む硝子一日（ひとひ）くもらず聴きをれば白盲の富士空に荒れたり
葛原妙子『朱霊』「雪洞」（185）
点々と雪に咲きたる月見草富士荒るる日の真日向にみゆ（186）
ねむらざる限り凍らぬ人体を仄光る雪洞（せつどう）におきておもへる（187）

「雪洞」の一連にて富士は古来人々がいだいてきた威容を見せている。（185）では、初句二句の視覚、三句の聴覚、四句の視覚、結句の視覚と聴覚というように、まさに全霊をもって富士を捉えている。そして、山が「白盲」の状態にあるという直観を得たのである。（186）では月見草の花の可憐を近景として、荒れた富士という遠景と対比させる。（187）の上の句、死に近接した肉体を意識している。

これ以前にも妙子は吹雪く山に「盲」の喩を用いている。

みちのくの岩座(くら)の王なる蔵王(ざわう)よ耀く盲(めしひ)となりて吹雪(ふぶ)きつ

なぜに山はかくも盲(し)ひつる　燦らんとして雪眩しきに

おほいなる雪山いま全盲　かがやくそらのもとにめしひたり

葛原妙子『葡萄木立』「北の霊」

妙子は一九六〇（昭和35）年に蔵王地蔵峠に登っている。それが「北の霊」一連として結実した。

吹雪く蔵王の凄まじいさまを体感して、妙子は「なぜに」という一つの疑問に行き着く。「耀く」「燦らんとして」「かがやく」と、三首とも眩しさを意識した描写をなしているが、それと対比的に「盲(めしひ)となりて」「盲(し)ひつる」「全盲」「めしひたり」と殊更に「盲」を強調する。「盲」の山の暗鬱を見せつけられて、「なぜに」という直情の問いかけは長く妙子の心を支配するものであったのであろう。

『朱霊』の「雪洞」一連にて、吹雪きながら威容を見せる富士に、瞑目しつつ静かな考察を得るための姿を見出す。「白盲の富士」は深い内観に通じる言葉である。

あきらかにものをみむとしまづあきらかに目を閉ざしたり　『朱霊』「天使№I」（２５１）

目を閉ざすことは、確かなるものの姿、真実の姿を捉えるためにあるのだ。深い思索へと己を導いてくれるのである。ときとして「白盲の富士」は、思索する妙子の内的空間に存在したのではないか。

さらに妙子の表現者としての意識の厳しさは、我の存在する地点を純粋に描き出すことを自らに課していたと考えられる。

とりいでし牧羊の鈴を床(ゆか)に落す鈴の音すなはち遠街(をんがい)をさまよふ『朱霊』「鳴響」(121)

「鳴響」は(121)の一首のみから成る。「牧羊の鈴」を床に落としたところ音が「遠街(をんがい)をさまよふ」と感じたことから、床の材質が想像される。また、ここではないどこかへ意識を募らせていることも理解される。妙子の居る部屋がいずれの地にあるのか、妙子がどういう状況で鈴を取り出したのかということも、読者の想像に任せられている。今妙子が存在している場所、〈身体の在る地点〉に、鈴が落ちて音が遠い街をさまようと捉えたことに価値は置かれている。四句の「すなはち」は「即座に」を意味する。鈴を落とすと即座に音は「遠街(をんがい)をさまよふ」。まるで魂が体から離れてさまようように、鈴の音は鈴から抜け出してさまよう。妙子にとってそう捉えた己の感覚に優るものはない。時間軸上の或る時点におけるものの状態に執着したのと同様に、地上の或る地点、さらには空間の或る地点における状態に関心は向けられていたのである。
史にとって山は日常の暮らしを形づくるものとして在り、晴れではなく褻の表情を見せてくれるものであった。史は中央に対する周縁に身を置くことを選んでいる。地理的な意味での周縁が歴史的、文化的な意味での周縁と重なるわけではない。しかし、史のいだいていた周縁の意識は歴史的な意味を多く含むものであったはずである。そうした思いは一貫して史の中に存在し続けていた。今という時点において身体が存在する地点という捉え方ではなく、長い歳月にわたって身体を据える場所、生を営む地がどこであるかということにこだわりを持っていたのである。

征服者倭（やまと）にとほく襲（そ）にも遠くもの言はずして山に老いたり
齋藤史『渉りかゆかむ』「冬信濃」

地溝帯（フォッサマグナ）二つに裂くることあらば相恋はむ日本の南と北は　齋藤史『風翩翻以後』「水位」

「倭（やまと）」は古代の朝廷のあった畿内を指す言葉である。政権の中心であり文化の中心である都から遠く在る身であると自覚するとき、口を閉ざしてひたすら生き耐えるしかない歳月、そうした生き方をせざるを得ない人々が脳裏を掠める。二首目は日本列島を地質学的観点から把握して、その上で擬人化するという面白い歌である。長野は糸魚川静岡構造線と中央構造線という二つの断層線がぶつかる地である。「相恋はむ」からは南の「襲（そ）」と北の「襲」の存在も浮かんでくる。二首とも歴史的、地理的に信濃を深く意識した作品であり、『ひたくれなゐ』にて表現されている風土への意識が確かなものであり身に馴染んでいるゆえに、後年に至って生まれた作品であると言えよう。

山に囲まれた地に暮らし山を越えようとすると、そこには峠がある。峠は山の坂路を上りつめたところであり上りから下りにかかる境を指す。峠は国字であり、通行者が道祖神に手向けをするところから、「たむけ」が転じて「とうげ」とされたという。

石冷ゆる峠の道のたむけぐさ花絮(はなほ)は飛びてあとかたもなき

齋藤史『ひたくれなゐ』「冬雷」(113)

いくたびか越えし峠をまたのぼる先は落ちゆくばかりの峠　「夢織りの」(249)

おめおめと生きて小さき鉦たたく　夏の盛りの峠(たわ)も越えたれ　「風のやから」(465)

石を積み花穂そなふる手向草　峠神こちら向くとかぎらず　「つゆむし」(534)

そっと花を供えるゆかしさは(113)に見るように、すぐさま過去に連なってゆく時間の中に吸われてしまう。初句「石冷ゆる」には土地に降り積もった時間に対する史の憐憫の情が表れている。(249)に描かれた反復のむなしさは生活の中に湧き上がってくるやり場の無い感情に似る。それゆえ人生の哀感が重ねられもする。自身を揶揄するような(465)の口調にすら、もの悲しさが付き纏う。(534)の軽くいなすような諦観は風土を芯から知る人のものである。

山の神山の仕事を守らせと唱ふる〈熊に逢わないように〉　『ひたくれなゐ』「信濃弓」（391）

髪の根にしみて溶けゆく雪しんしんこの山国に生きくぐみたり　「虚空」（405）

かさなりし四囲（めぐり）の山のいづ辺よりか匂ひたつなり春近づくは　「春近く」（442）

山国の風をかなしめゆきあたりつきあたりつつ　その山の壁　「風のやから」（480）

（391）の言葉からは、山国の風土とそこに生きる人を慈しみながら理解しようとする心が垣間見える。（405）、身を低くして生きるさまには暮らしを自然と受け入れるまでとなった気持が表れている。（442）（480）は体感から生まれた表現であろう。山国に暮らすことから生じる閉塞感を過酷な冬や人間の気質を通して味わわされてきた史であるが、身に染み付いた風土特有の匂いのようなものは時として作品に反映されて柔らかな表情を見せたのである。季節ごとに自然が見せる変化に敏感に反応する感覚が宿り、自然との交感を通して官能が立ち上がってくる。自然に深く拒まれることはあったであろう。また、絶えず恐怖に晒されていたであろう。しかし、なお懐かしいような優しさを感じることがあったのである。そのような気分が史の歌に流れている。

吉野に暮らした前登志夫の著書『林中鳥語』（ながらみ書房　二〇〇九年刊）に次の一節がある。

ことしもこうしてわたしは生かされているという、つつましい感情をこぼさないようにして、林の小径をふみしめています。

新春の訪れを言祝ぐ心は冬の厳しさを生き耐える心と一体となり、山の暮らしは続いていくのである。命の重みを敬虔に語った尊い言葉である。自然の中に身を置く厳しさ、自身が常に身を晒す場所としての山の畏さ、優しさを知り尽くしていた前登志夫の心持に近い心情を、史は信濃の地に居て育みつつあったのではないであろうか。住む土地によって生は多少なりとも違った様相を呈してくる。土地と生とをまったく切り離して考えることは難しい。

交通、通信手段が発達している現代においても都市部と地方には依然として差が存在していると、多くの人が感じているであろう。差の是非を論じることも重要であるが、現実を認識した上でどのように自身の生を遂げていくかを考える必要がある。自身の生を遂げていくという思想は、生活の場に身を置いて深遠なるものを養い続けること、現実と向き合う中で精神的な格闘をなしていくことを意味している。こうしたことを経て生まれてくる表現は、かつて小野十三郎に「思惟方式や抒情の変革ということを自分たちの生活と結びつけて考えているものは案外少ない」(「八雲」第十二号所収「奴隷の韻律―私と短歌―」)と指摘されたことに対する一つの答となり得る。

妙子は「白盲」という言葉に見るように、表現の対象として自然と厳しく向き合うことによって存在の核心に迫ろうとした。今自身が存在している地点に純粋に〈在る〉ということに、表現者としての妙子の意識は向けられていたのである。史にとっての自然は暮らした土地の風土として認識されるものであった。どこに身を置くか、置き続けるかということにこだわり、信濃という土地を選んだのであり、その地に在り続けるという時間の経過を常に内深く嚙み締めていたのである。

「他界」と「死の側」

『朱霊』と『ひたくれなゐ』の代表歌を挙げるときに次の一首はその第一に考えられる歌であろう。

他界より眺めてあらばしづかなる的となるべきゆふぐれの水
葛原妙子『朱霊』「夕べの声」(549)

死の側より照明(てら)せばことにかがやきてひたくれなゐの生ならずやも
齋藤史『ひたくれなゐ』「ひたくれなゐ」(714)

当然のことながら優れた解釈、鑑賞がなされており、それらに触れることが既に至福である。塚本邦雄は『百珠百華―葛原妙子の宇宙』(花曜社 一九八二年刊)に記す。

だが、彼女は、この歌を、死後の世界に想定して「創つた」のだ。この世の他に身をおいて、決して見ることのできないものを見ようとした。

塚本は妙子の歌の「他界」を「死後の世界」「この世の他」を意味するものであるとしている。この世ならぬ空間に身を置いて考察しようとした妙子の精神性を感じとっているのである。表現者として究極の何ものか、純正の美を見ようとする強い意志のもとに、そうするに最も相応しい空間を歌の中に創ろうと志向したということである。

寺尾登志子は『われは燃えむよ――葛原妙子論』(ながらみ書房　二〇〇三年刊)にて、『朱霊』に注がれた妙子の思いの強さを「自らを美の求道者と自覚し、甘んじてその道を進もうとする覚悟が読み取れる」と述べる。そして、「『他界』から眺める『ゆふぐれの水』とは、孤独な表現者が感得した『詩心』と読むこともできよう」と指摘する。寺尾は、表現者として全存在を賭けて「美」を求めることに己を捧げようとする人の潔い魂を見たのである。

雨宮雅子は『齋藤史論』(雁書館　一九八七年刊)にて、史の「死の側」という言葉を解き明かしている。

凄まじい生の世界、妖しくかがやく死後の世界。そして「死」によって再生する「生」の世界。はじめと終わりのけじめもなく、生から死へ、死から再生への循環のなかで、苛酷な「生」を「死の側」からとらえたとき、「ひたくれなゐ」のかがやきとともに、円環は完結するのである。

そしてさらにいえば、「他界」がうたわれてきて、これを「死の側」のことばに置きかえたところに注目する。現実を踏まえた想像力が、壮麗なひとつの画像を見出したとき、きれいごとにひびく「他界」ということばを捨てて、人間が息の根をとめたあとの世界そのままに、「死の側」のことばを名指しした。このような内的透徹が、史にそうさせたからにちがいないだろう。

雨宮が指摘しているように、史にとって「他界」という言葉は「死の側」に比して、存在の有りようを突きつめていく上での厳しさにおいて劣るのである。

思考を重ねた末に史は「死の側」という観念に行き着き、そこから生を捉えるという命題を自らに課して実感として理解しようとした。「死の側」という言葉への到達が、史の精神が辿り着いた高みそのものを示している。

史にとっての「他界」という言葉が厳しさにおいて「死の側」に劣るとしても、それが妙子の用いる「他界」の価値を貶めるものではない。

ここで妙子の（５４９）、史の（７１４）の初句二句のみを並べてみる。

他界より眺めてあらば（妙子／５４９）
死の側より照明せばことに（史／７１４）

「他界」「死の側」というキーワードから始まっている。そして、双方とも「より」を用いて起点を示している。

二句を見ると、妙子は「あらば」として、仮定の順接条件を示す助詞の「ば」を用いている。もし眺めているのであれば、という仮定の上で、三句以下へと進めていこうとしている。「他界より眺めてあらばしづかなる的となるべきゆふぐれの水」の歌の構想について妙子自身の言葉が残されている。

妙子は「ゆうぐれの水」と題する文章にて次のように記している（『わが歌の秘密』村永大和編　不識書院　一九七九年刊）。

…小さい方を一先ず外し、私は何ということもなくそのフライパンをそばの硝子窓に透かしたのであった。といってそのフライパンに小さな穴を発見する積りだったというのでもない。人間には実にしばしばこのようにムイミな動作をすることがあるものである。

だが歌うべきことはそこにあった。フライパンの底をとおしてぽっかりと遠い水がみえたからである。おそらくはこのフライパンの底の丸みが的水となるのにふさわしい手頃の大きさであったのかもしれぬ。

この文章は妙子流のフモールとも受け止められる。だが、純粋に「眺めてある」という状態がつくり出されて、その純粋性が保たれている空間であれば、日常、非日常を問わず、そこは

「他界」たり得るということを、妙子自ら示していると捉えることができる。

〈在る〉という、そこに存在することを意味する言葉を核として考えれば、「眺めてある」の主体は妙子であり、表現者として純粋な空間を創り出すことに専心していたということが理解される。そうして手に入れた空間にて対象を捉えることを意識した妙子自身の視線が存在する。表現者としての我が〈身体の在る地点〉において、時間軸上の或る時点の対象の把握に己を尽くしていることを、静かな口調をもって示した一首である。

史の（714）にては、「照明（てら）せば」として確定条件を示す助詞の「ば」を付けている。「照明す」という他動詞を用いているのであるが、ルビにも注目される。「照らせば」よりも視覚的に強い印象を与え、それが堅固な意志を思わせる。また、二句において「ことに」という副詞を用いている。「ことに」によって「照明す」という行為の及ぼす影響、その結果が予測される。三句以下の展開を予測させる勢いをもった言葉である。妙子の「眺めてあらば」が静かな態様をもって臨んでいるのに対して、史は「照明（てら）せばことに」と能動的な行為とそれに伴う展開を予測させる。両者の特徴が著しく表れている。

史の（714）、「照明す」は温かみのある光が想像される。慈しみの光といってもよいであろう。

我を照射（てら）して放さぬものは何の神レンズの中に焼焦（こ）がされて

『ひたくれなゐ』「ひたくれなゐ」（680）

（680）では「照射す」の文字を使って、「てらす」とルビを振っている。レンズによって光を集めている主体は「神」であり、焼き焦がされる客体は史なのである。自らを責め苛む意識がもたらした表現であり、ここには慈悲や理性の光はない。「照明す」は生の価値を示すためであり、「照射す」は裁きを思わせる。「照射す」はおびくようにして死へと導いていくためのものであると言えよう。

次に、妙子の（549）、史の（714）の三句以下を並べる。

しづかなる的となるべきゆふぐれの水（妙子／549）
かがやきてひたくれなゐの生ならずやも（史／714）

妙子の（549）、「眺めてある」という純粋な状態をもって空間に存在するのであれば、対象は「ゆふぐれの水」としてその在り処を示す。白日や灯火のもとに在る水ではなく、幽冥な視界の中に存在を示すのが「ゆふぐれの水」である。己を制御した静謐なる心境、深い精神性をもって臨むことを自身に課すことによって、「水」の存在はまさしく認識される。「水」はそこに存在することによって直ちに「しづかなる的となるべきゆふぐれの」という性質を得ているわけではない。そのような性質を帯びていることを見出すのは主体の意識による。

夕べ来る一羽の鴫を映さむに地上にあまたの水溜あり　『朱霊』「鴫」（431）

（431）に詠まれている「水溜」は、たった「一羽の鴫」を映すために地上に数知れず存在している。その水溜のほとんどは妙子の目に実際に留まることはない。水溜の数は鴫という対象の本質を捉えるために必要とされるエネルギーの総和と質を考えさせる。「映さむ」ための対価であるとも言えよう。〈見る〉という行為が妙子にとっていかに重い意味をもつかが理解される。

『朱霊』は八章から成り、第七章が「夕べの声」である。（549）は「夕べの声」の章の中の「夕べの声」一連三十一首の最後に収められている。「夕べの声」と章題が書かれた頁の次の頁には、

蟬のこゑきけばかなしな夏衣うすくや人のならむとおもへば　紀友則

の一首が置かれている。「蟬のこゑ」の歌は「夕べの声」の章において象徴的な意味合いをもった歌である。章題と同じ名の一連の最後に置かれた（549）は、「夕べの声」の章の中で極めて重要な位置を占める。友則の歌に詠まれた「こゑ」にはもの悲しさが付きまとう。（549）「ゆふぐれの水」はもの悲しさを映し、もの悲しさを吸いとる水でもあるのであろう。「ゆの解釈から距離を置いたところで、もし紀友則が「他界より眺めてあらば」夕暮の水は静かな

る的と映っているであろう、と想像を巡らせながら（549）を読むこともまた至福である。

史の（714）では二句の「照明（てら）せばことに」に対して三句を「かがやきて」として、二句の能動的な行為の及ぼした影響を三句にて表現する。二句の行為の結果として明らかに「生」のかがやきが認識されることを高らかに述べる。「生」の形容が「ひたくれなゐ」という命の燃焼を表す色であることも、「生」の実感を確かなものとしている。初句にて「死」という言葉をもって始まり、結句の「生ならずやも」という深い感慨へと帰結させる。「照明（てら）す」という能動性をもって死と生を呼応させ、「死の側」から鑑みた生を自らのものとする。

知覚

かなしみを詠んだ歌を抽く。

道のへに杖をとどめし盲人（めしひびと）そら向くときにわれはかなしむ
葛原妙子『朱霊』「冬の人」（506）

この人の悲運をふとも思はする老いてうつくしき声伝はり来
齋藤史『ひたくれなゐ』「無銘」（376）

妙子の（506）、「盲人（めしひびと）」が「そら向くときに」それを目にした妙子にかなしみが誘発されるとする。盲人はどこかに向かう途次にて歩をとどめている。「そら向くときに」によって時間軸上の或る時点が抽出されたことになる。見えない目が向かっていた「そら」は地上に対する空というよりも、何も無い空間である虚空を思わせる。盲人が何を思っているのかを推測するつもりは妙子にはない。目にした光景から「われ」に生じた内的変化に焦点をあてている。

史の（376）、「この人」と史は場をともにしているのであろうか。そうだとすると「伝はり来」から察するに、少し離れたところに席を置いていることになる。

河野裕子は『齋藤史』（本阿弥書店　二〇〇四年刊）にて、この点について次のように述べている。


一読、ちょっとシチュエーションの分かりにくい歌である。「この人の」といっておきながら、結句に「声伝はり来」と、空間的距離をおいた表現がくるためであるが、電話で話している場面を想定してみると、読めてくる歌である。


二人の位置関係を考える上で興味深い指摘である。

史は「この人」の生涯についてある程度のことは知っていて、声を耳にしたときに苦しみの多いその生涯に不意に思い及んだのである。そして、思いを致しつつも「うつくしき」という声の形容にとどめている。「悲運」と「うつくしき」という二つの言葉が一首の中で響きあい余情を感じさせる。「この人」の悲運に満ちた生が読み手にも髣髴される。

樺山紘一は『歴史のなかのからだ』（岩波書店　二〇〇八年刊）にて、「そもそも、神もまた目であって、全世界を目をもって統べているともいえる」と述べたうえで、目と耳の働きを記している。

目はとじることができる。睡眠中でなくとも、視ることを拒絶するのは容易だ。しかし、耳はとじない。蓋が欠けているのだ。手で耳をおおう。けれども、完全には遮蔽できず、ききたくない音と声を我慢する破目におちいる。（中略）どうもふたつの感覚器官には、本質的相違がありそうだ。なによりも、耳はつねに受身の立場にいることだ。意志的な知覚器ではなく、むしろ来たるものを受容する器官。

視覚は見るものを意識的に選択することができるのに対して、聴覚は意志を完全に反映させて対象を取捨選択することが難しいという。精神を何かに集中させることによって聞こえてくる音に心を惑わされないようにすることがある程度は可能であるとしても、完全にシャットアウトすることは困難なのである。

深い無念をいだいたまま命を落としていった人の声を始めとして、数多の声を聞き届ける耳をもった史には心の休まるときがない。『朱霊』には（５０６）以外にも「杖」と「盲」を詠んだ歌がある。

さながらに盲目の杖　くらがりに鴫のとぶなる長きくちばし　『朱霊』「鴫」（４４１）

（４４１）では鴫の嘴に盲目の人がつく杖を見ている。長い嘴の先からくらがりに分け入っていくように思われたのである。何かを恐れつつ探りながら闇を進むものの姿を見ている。こうした譬えには妙子自身の不安が表れている。

一九六五（昭和40）年には東大小石川分院にて妙子は眼疾の診療を受けている。その後、時を経て不安は更に厳しい現実となる。八三（昭和58）年には視力障害に陥ってしまうのである。健康状態は回復せず、二年後の八五（昭和60）年に七十八歳にて亡くなったことを思うと、六五（昭和40）年当時の状況を見過ごすことはできない。

照る月の冷（ひえ）さだかなるあかり戸に眼は凝（こ）らしつつ盲（し）ひてゆくなり
北原白秋『黒檜』「熱ばむ菊」（駿台月夜）

『黒檜』の「巻末に」にて、白秋は「昭和十二年十一月、眼疾いよいよ昂じて、駿河台の杏雲堂病院に入院して」と記している。『黒檜』の冒頭に置かれている「照る月の」の歌には、心眼にて外界を捉え、自らを見つめようとする深遠なる境地が示されている。さだかに感じることのできるものは「照る月の冷（ひえ）」なのである。それは冴え冴えとした魂の静謐にも通じる「冷（ひえ）」ではないか。

眼や視力に関する不安に纏わる静けさは妙子の歌にも感じられる。妙子には「眸」を扱った作品が多い。「眼」「目」が鋭い光と理知の働きを印象づけるのに比して、「眸」はこっくりとした艶やかな光を湛えているように思われる。

わが肩にかさなりてひらくをとめの眸に遠き海の時化走る　『朱霊』「鹿の医」（３１）

水蝕の崖の夜ふかく抉れをり水は眸の如くひかりぬ　「魚」（４５）

いづかたよりきたりしものぞ熟麦の黒き穂立は眸に戦ぐ　「天使№I」（２５２）

人物はこなたをみたり　いちにんの人物の眸ふかくみむかも　「帰依」（３３３）

眸やや暗しとおもひ擦るマッチわれにたふときしろき髪照らす　「幻火」（４９１）

白橅（しろぶな）に白き昼の蚊消えむとしわが眸薄明をたもてる　「夕べの声」（５２１）

みどりの藻人の眸にもつれしめ運河に淡き腐臭たちのぼる　「地上・天空」（６５１）

（３１）、大きく見開いた「をとめ」の眸に「海の時化」を見て、若さゆえの翳りを詩的に表現している。（４５）では崖を侵食する水の照りに、不敵な意志が宿るようである。（２５２）の「熟麦の黒き穂立」は不安の原風景であろうか。（３３３）では見られることに対して、見ることの優位性を言う。（４９１）（５２１）は「眸」と「白」の取り合わせが幽冥な世界をつくる。

（６５１）ではヴェネツィアの運河を詠んでいる。この歌では「眸」は眼球という球体を意識させる。藻を視界に捉えているのであるが、眼球そのものに藻が絡まっているようなぬめぬめとした不気味な感覚をもたらす。結句の「腐臭」は藻が大量に発生していることによるものであろうが、死臭なのではないかとすら思えてくる。

　これらの作品に共通しているのは妙子自身の肉体の稀薄さである。「わが肩」「われに」「わが眸」というように、「われ」を意識して詠み込んでいる歌であっても、強い身体性は伝わってこない。妙子の肉体はそこに存在するにもかかわらず、肉体を介在させることなく、ただ視ているのみであると思われるのである。神の視線というと大それているが、対象を前にしたときに視ることにのみ集中した我で在り続けている。

耳ふたつやすらはずして追はれゐき眠りの中の夜の鳴るかみ　『ひたくれなゐ』「冬雷」（119）
逃切れずなだれの底に埋められて平たくなりしわが兎耳　（120）
耳削ぎて風ゆきしかば我に耳なしその日よりの貌をデス・マスクとす　「風たてば」（171）
ここに佇つわが耳充たす木のさやぎ無数無量のおもひこそすれ　「修那羅峠」（313）
流刑者は流刑地に死す　夕こだま空にかへりてのちの耳聾（しひ）　「つゆむし」（519）

（119）、眠りの中でも神経を休めることができないでいる。それは追われる者であるという罪の意識による。（120）で「平たくなりしわが兎耳」はものの声を聞くことができなくなってしまった我を意味する。精神の死に等しい。（171）では風に耳を削がれる。耳削ぎの刑に処せられたということであろう。聴覚は対象を恣意的に選択することが難しい。聞くまいとしても自然に耳に入ってきてしまう。聞き届けるべき声を聞けないということは、対象から拒まれているにも等しい状態にあるということになる。耳を奪われるということは精神を踏みにじられるということなのである。

（313）、信濃の土俗神を詠んだ一連「修那羅峠」の末尾に置かれている。「無数無量のおもひ」の示す嵩は、風土に纏わる豊かさや美しさと、貧しさや醜さのいずれをも身のうちに深くいだきとめようとする心の嵩にあたる。（519）にて「夕こだま」が帰り着く場所は「空」にしかない。結句には、地上の我は果たして声を受け止められたのかという、自省を含む苦い思いが籠もる。

史の作品には濃密な肉体の気配が感じられる。一つには使われている動詞の影響による。「追はれゐき」「埋められて」「削ぎて」「充たす」「死す」といった、肉体に向けられた言葉によって、一首の中に史自身の肉体が明瞭な輪郭をもって存在するのである。二つには史の生の在り方そのものが対象と深く関わっているということが挙げられるであろう。対象を意識的に選び思うままに味わうのではなく、関わりをもった対象への突きつめた思いが聞き届けるべき声へと己を向かわせるのである。それぞれの場面には史自身の生、身体がくきやかに立ち現れ、刻まれている。

淡雪とつゆしぐれ

二十年という歳月は心の中にいだき続けてきたわだかまりを消化するのに要する時間の長さを思わせる。一つの大きな区切りの意味を担っているのであろう。

妙子は一九四七（昭和22）年に父、山村正雄を亡くしている。妙子が四十歳のときであった。史が父、齋藤瀏を亡くしたのは五三（昭和28）年、史が四十四歳のときである。妙子にも史にも父親の死後二十年を経ての歌がある。

灰色の脳やはらかし父死にし日に咲き垂れてゐし栗の花
葛原妙子『朱霊』「紙霊」（84）

人死にて二十年の部屋にたたずめり寝形のごときはかすかうき出づ
（86）

遣（や）らはれの手を垂りてゆく秋野みち夕焼は父の火刑を告げて
齋藤史『ひたくれなゐ』「つゆむし」（526）

妙子の（86）に「人」とされているのは、同じ「紙霊」の一連（84）から父であることが分かる。父の部屋に佇んでいたところ、「寝形のごとき」が浮き出たように見えたというのである。二十年という長い歳月が経過して初めて深く理解し得るようになる感情の機微というものがある。「たたずめり」と表すにとどめて感情を抑えているが、父への特別な哀惜を感じさせる。

史の（526）が詠まれたのは七三（昭和48）年であるから、父の死後やはり二十年が経過している。目にした夕焼の赤の激しさに、死してなお無念の消えぬであろう父の心中を想起している。初句には父の生涯、その時どきの父の内心がいかなるものであったかを思いやる娘の哀切が籠もる。刑は一方的に告げられるものであると思い知らされたとき、心は戦きに耐えかねるであろう。歳月の経過に伴い当時の感情が薄れるというものではない。思念や感情が長い年月の中で更に深く醸成されていくものであることを作品が物語る。

父の瀏は陸軍軍人であった。そして、「心の花」の歌人である。二八（昭和3）年、済南事件にて第十一旅団長として出兵する。済南事件は二八年五月、中国国民革命軍が北上して山東省へ入ったとき、日本が居留邦人保護の名目で出兵、済南を占領した事件である。瀏は責を負って退役することとなる。三六（昭和11）年には二・二六事件に関して反乱幇助を問われ、位階勲功を剝奪されて禁錮五年の刑となる。その後、病気出所後の瀏を中心として三九（昭和14）年には「短歌人」が創刊された。

丈夫(ますらを)のわが名はあれどここにして四百五十号と呼びかへられつ

齋藤瀏『波濤』「四百五十号」

四百五十号私物とかかれ「許」の印あり妻が差し入れし古事記に万葉集に

禁錮十五年の求刑に敢てあらがはず謹みて退く身の罪を思ひ「禁錮十五年の求刑を受く」

三首とも「牢獄の歌　前篇」の章にある。章題の書かれた次の頁には、「昭和十一年五月二十九日東京陸軍軍法会議に召喚され、鈴木某検察官の令状により東京衛戍刑務所に拘置せらる。同十二年一月禁錮五年の判決を受け、豊多摩刑務所へ移さる」と記している。軍人として生きてきた自負を「丈夫(ますらを)のわが名」は語る。しかし、呼称番号にて呼ばれる身となり、妻が差し入れてくれた書物が自己を保つよすがとなっているのである。己を律する従容としたさまには天折した将校たちへの尽きせぬ思いが表れている。娘である史もまた父への尽きせぬ思いをいだいていた。

「おかしな男です」といふほかはなし天皇が和(にこ)やかに父の名を言ひませり

齋藤史『風翩翻』「黒点」

九五(平成7)年の歌である。九三(平成5)年に史は日本芸術院会員となり、九四(平成6)年に新会員として宮中の昼食会に招かれている。そのときの会話に拠った歌であろう。歴史とは苛酷なものであるが、また魂を震わせるまでに、かくも美しい。

昨年今年つらぬきわたるしろがねの一本の弦のひびきを消すな
『ひたくれなゐ』「風紋」（493）

除夜のすがたみむとし除夜をみたりけり除夜は断崖のごときものにぞ
『朱霊』「紙鳶」（693）

史の（493）、初句から四句までが結句の「ひびき」にかかっていくが、決して悠長な調べではない。寧ろ張りつめていて、透徹した意志を感じさせる。史の精神をも貫く「ひびき」なのである。結句は自身への戒めの言葉なのであろうが、平仮名で表記された「つらぬきわたるしろがねの」「ひびき」からは、虚空に凛とした音が聞こえてくるようである。去年から今年へと伸びるふとぶととした弦によって、過去から現在、未来へと勢いを保っている一本の時間軸が暗示される。

妙子の（693）は、除夜を形として捉えようとして「断崖のごとき」という喩を得る。「みむ」という意志は喩を得たことによって俄かに実現する。「みたりけり」「ものにぞ」の「けり」「ぞ」に感動の深さが示されている。二句から三句にかけての力強い抑揚は意志と実現の間に横たわる時間が幾許もなく瞬時であったことを伝える。除夜には一年の最終の日を新しい年の初めの日へと繋げる時間が流れているが、そこに時間を断絶させるかのように聳え立つ断崖を見ているのである。

史と妙子の有する時間の概念が対照的に表れている。また、史の（493）は己の在り方に通ずる意志が、妙子の（693）は対象の把握に専心する意志が支えていて、その点においても対照的である。

あをといふ黒馬とほく立ちながら硝子に嵌りしごとくうごかず　『朱霊』「北辺」（284）
空中を輸送されきし美しき馬ありすなはち地上に嘶く　「駿馬」（713）
荒れし野の夜の稲妻貫きて駈けよ　たてがみ黄金のわが放れ馬　『ひたくれなゐ』「濃むらさき」（595）
牧脱けてより孤独の夜々に研がれたる放れ馬死の予感に光れり　（596）
びしよ濡れの疲れし馬は立ちて睡れり　我は涙をながして居たり　（597）

妙子の（284）、馬は「あを」と名づけられているが、「とほく」という距離感が侵しがたい存在の威厳を感じさせる。窓枠には額縁の働きがあり瞬間の景を閉じ込めている。（713）の「美しき馬」はレース用に空輸されてきたサラブレットであろうか。親善の印として外国から贈られたのかも知れない。「馬あり」という存在の表現と「嘶く」という動作を「すなはち」で繋いだことによって瞬間が強調された。

史の（595）（596）（597）には牧場を抜け出してしまった馬が詠まれている。（5

95)、「わが放れ馬」と限りなく心を近接させていて、対象への感情移入には並々ならぬものがある。「貫きて駈けよ」は自身への鼓舞でもあろう。(596)、初句にて「牧脱けてより」として起点を示している。更に「孤独の夜々」と時間を重ねていく。時間の累積につれて鋭くなった感覚が「死の予感」を得るまでになっている。(597)、馬は「立ちて睡れり」、我は「涙をながして居たり」と、馬の動作と己の感情を並べて表現している。どれほど心を寄せたとしても傍観者であることに変りはない。対象を見届けるということは、時として手出しのできない我であることを自覚するということでもあるのだ。

妙子は対象を写すことに徹して、自身の感情を言葉にすることを極力抑えている。史は対象への過剰なる心寄せ、思いの告白のようでさえある表現が見受けられる。その違いは第一章「ここすぎて」に抽いた次の作品にも明瞭に表れている。

夏すこし痩せしこころに出でて買ふ盆花市の夜の桔梗を　『ひたくれなゐ』「密呪」(59)

蟬捉へられたる短き声のしてわが髪の中銀の閃く　『朱霊』「夕べの声」(519)

遣る瀬無いような夏の夜の、頼るものの無い疲れた心の内を「痩せし」とあらわに示す。夜に紛れることのない桔梗の紫が、史本来の心の有りようをそれとなく語る。何故夜の盆花市に出かけて桔梗を買うのかという心持が伝わってくる。時間の経過と背景を滲ませながら、ものの因果をそれとなく描写の中に含めている。
妙子は捉えられた蟬の声を耳にしたときの感情の揺らぎを、髪の中の銀の閃きによって表している。時間の経過に伴う因果の道筋ではなく、ものの相を描出している。ある時点を掬いとることが対象を感覚的に把握することなのである。

咽喉毛（のどげ）ふかく垂りてつつしむ鳥をりうすじろきそらより舞ひてきつらむ
『朱霊』「西冷」（1）

明日は飛立たむ白鳥のむれの中にして病める一羽が啼く声ひびく
『ひたくれなゐ』「山湖周辺」（1）

歌集巻頭の歌を抽いた。どちらも鳥を詠んでいる。
妙子の（1）、鳥は「うすじろきそら」より舞い降りてきたのであろうという推量にとどめる。空から生みだされたもののようにも思わせて、空を母とする胎生のイメージをいだかせる。上の句にて表現された鳥に動きは伴わない。静かなさまは哲学者さながらである。空から出現してきたと思われるものが今ここに存在しているとして、時間を変化の相によって描く。
史の（1）は、今日と明日を一首の中に歌い込んでいる。一羽の白鳥が病んでいるということを〈因〉として、おそらく明日飛び立つ仲間の白鳥の群れに加わることはできないであろうという予測を〈果〉としている。一羽の啼き声を描くことによって群れとの関係性に焦点があたる。

つゆしぐれ信濃は秋の姥捨のわれを置きさり過ぎしものたち
『ひたくれなゐ』「ひたくれなゐ」（715）

淡雪の降るゆふつかた子午線上蟹座南中の仄暗きかな
『朱霊』「南中」（715）

史の「ひたくれなゐ」の一連は「ここすぎていづこの門に至るべき背後より暮るる黄昏の橋」（661）を一首として数えると五十五首より成り、（715）が掉尾を占める。妙子の「南中」は（715）の一首のみから成る。

史の（715）では、上の句に露の置いている時節の信濃の風土を滑らかな韻律をもって表し、よく見知った人に向き合ったときの情を感じさせる。信濃に住みついて長い歳月がたつうちに、うまく折合いをつけるようにして風土とつきあってきたことが自然と示されている。信濃に暮らしの場を置いた戦後の年月にあっても、心を占めていたのは若くして命を落とした人々のことであり、記憶の中に生き続ける人々のことである。高らかにではなく、低き声にて風土を歌う中に、常人の推測を遥かに超える忍耐をもって一身にかかえてきた思いが揺曳している。露がしとどに降りて時雨が降ったようになっている秋の信濃の野山の光景に、自身の心情を滲ませている。伝承さえ史に因果として働きかける。遠い時代の無名の誰かの事さえも、時として史は自身への〈因〉と捉え、その〈果〉を受け入れるのである。知己の事であれば尚更である。自分はこの世に「置きさり」にされているという思いは深かったであろう。

妙子の（７１５）にては、淡雪に濡れる地上ではなく空へと視線は向かう。蟹座は三月下旬の夕刻に南中する。「淡雪の降るゆふつかた」であるから星座は見えていないのであるが、子午線上に対象が存在するという感覚を確かに得ている。その南中がいかに仄暗いものであるかという感覚をこの世の大事としているのである。夕刻の空を覆う雪雲の厚みの奥へと、感情を沈潜させている。ある時点におけるものの〈相〉を示すことに固執する。

妙子の（１）は「うすじろきそら」、史の（１）は「白鳥」と、いずれも〈白〉を詠み込んでいる。妙子の（７１５）の「淡雪」と、史の（７１５）の「つゆしぐれ」は、静かに〈白〉を印象づける。ここにもまた美しい均衡を見ることができる。

あとがき

『朱霊』の放つ「朱」の光、『ひたくれなゐ』の照らす「くれなゐ」の明りに導かれて成った書き下ろしの評論集です。二〇一一年から二〇一六年上半期にかけて少しずつ書き留めました。引用歌の漢字の表記は新字体に統一いたしました。本書の上梓に際しまして、宇田川寛之さまとの出会いと氏のご尽力に心より感謝申し上げます。

二〇一六年秋の麗しいひと日に記す

寺島博子

初句二句索引

（葛原妙子）

ア行

カ行

サ行

白樵に白き昼の蚊　二三
寺院シャルトルの薔薇窓をみて　五〇
死を享けしひとびとのむれ　七九
寝台にたれびとをらず　一一七
寝台にまさやかなる目　六六
人物はこなたをみたり　二三
水蝕の崖の夜ふかく　三四、二三
水路よりただちにのぼる　一〇〇
すこしづつわが食べてしまふ　九八
スペイン、カタルニヤの　二六
澄む硝子一日くもらず　一九二
聖堂にかの日のをとめ　五八
晴天の空漠の量　五二
石塊を抉り刻める　八七
蟬捉へられたる短き　二〇、二三、一一四、二三〇
蟬脱のさまに飛行機の　一四七
僧のためのみちしるべと　一二六
そらに伸べし長き頸骨　一四六

タ行

他界より眺めてあらば　二〇〇
卓上に塩の壺まろく　六三、一八〇
たたずみて人骨をみし　一五二
玉の芸剣の芸など　一〇四
ちゃんねるX点ずる夜更　一〇五
除夜のすがたみむとし除夜を　二一八
ちらちらと行手に走り　四七
通行者の全身あゆみ　四〇
月に向くちひさき木菟の　七八
月のひかりさびしきまでに　一一八
つくつくぼふし三面鏡の　一一四
蝶の羽ひらひらと昇る　一三九
天空を風ゆけるとき　九五
天使は不図おそろしき　八七
天使まざと鳥の羽搏き　八八
点々と雪に咲きたる　一九二
東方の賢者のごとくに　六七
飛べる機の気密破れて　一四七
とり出でし古き朱泥を　九七
とりいでし牧羊の鈴を　一九四
曇天鈍重にして　一三六

ナ行

ハ行

（齋藤史）

ア行

テレビの中にはげしく歪む　一〇四
ときに希ふすこしだけわが生　一八三
どこに置きても位置のふさはぬ　一八〇
年月を逆撫でゆけば　六二、一四九
遠い春湖(うみ)に沈みし　一七九
遠き無慙かくちかぢかと　一〇四
土耳古青(とるこあを)となりたる山の　四一、四六
泥に沈む黒曜剝片　七六

ナ行

ながき茜ののちむらさきに　九六
夏すこし痩せしこころに　三、一三、一三〇
何聞きて耳とがりたる　九〇
なにゆゑにうしろ振向く　七四
なりゆきを予知してゐるは　七三
逃切れずなだれの底に　二三
虹鱒(にじます)の虹のうろこを　一八〇
額(ぬか)の上に一輪の花の　九
脱けいでしものよりかろく　一三
野はすでにむらさきなせり　九七

ハ行

廃軌道に残るとんねるの　五九
廃屋の柱にかかる　六〇
廃屋は朽ちつつありて　六〇
花あかりわがたましひに　一三四、一四一
花模様の毛布一枚を　一一七
老母(はは)すでに在らざるごとし　一一六
はるかなる天山南路　八二
春待つは我のみならず　九七
彼岸いづこか至り着くとも　一四一
びしよ濡れの疲れし馬は　二一九
ひつそりと死者の来てゐる　八
火と荒び追ひつめられて　一八七
ひとひらの白き川魚　三八
人も馬も渡らぬときの　一六五
皮膚を剝くかたちに脱ぎて　一一七
笛絶えて鬼も絶えたり　一八七
笛の音のあはれは思へ　一八七
地溝帯(フォッサマグナ)二つに裂くる　一九五
ふかぶかと雪積もる夜の　一〇六

マ行

ヤ行

ラ行

ワ行

参考文献

『橙黄』（長谷川書房　一九五〇年刊）
『飛行』（白玉書房　一九五四年刊）
『原牛』（白玉書房　一九五九年刊）
『葡萄木立』（白玉書房　一九六三年刊）
『朱霊』（白玉書房　一九七〇年刊）
『鷹の井戸』（白玉書房　一九七七年刊）
『葛原妙子歌集』（三一書房　一九七四年刊）
『葛原妙子全歌集』（短歌新聞社　一九八七年刊）
『葛原妙子全歌集』（砂子屋書房　二〇〇二年刊）
葛原妙子『孤宴』（小沢書店　一九八一年刊）
『魚歌』（ぐろりあ・そさえて　一九四〇年刊）
『歴年』（甲鳥書林　一九四〇年刊）
合同歌集『新風十人』（八雲書林　一九四〇年刊）
『朱天』（甲鳥書林　一九四三年刊）
『やまぐに』（臼井書房　一九四七年刊）
『うたのゆくへ』（長谷川書房　一九五三年刊）
『密閉部落』（四季書房　一九五九年刊）

『風に燃す』（白玉書房　一九六七年刊）
『ひたくれなゐ』（不識書院　一九七六年刊）
『渉りかゆかむ』（不識書院　一九八五年刊）
『秋天瑠璃』（不識書院　一九九三年刊）
『風翩翻』（不識書院　二〇〇一年刊）
『風翩翻以後』（短歌新聞社　二〇〇四年刊）
『齋藤史全歌集』（大和書房　一九七七年刊）
齋藤史『ひたくれなゐに生きて』（河出書房新社　一九九八年刊）
齋藤史『遠景近景』（大和書房　一九八〇年刊）
齋藤史『春寒記』（乾元社　一九四四年刊）
齋藤瀏『波濤』（人文書院　一九三九年刊）
『北原白秋全集』（岩波書店　一九八四〜八八年刊）
『齋藤茂吉全歌集』（筑摩書房　一九六八年刊）
釋迢空『海やまのあひだ』（改造社　一九二九年刊）
河野裕子『蟬声』（青磁社　二〇一一年刊）
塚本邦雄『百珠百華―葛原妙子の宇宙』（花曜社　一九八二年刊）
川野里子『幻想の重量――葛原妙子の戦後短歌』（本阿弥書店　二〇〇九年刊）
寺尾登志子『われは燃えむよ――葛原妙子論』（ながらみ書房　二〇〇三年刊）
雨宮雅子『齋藤史論』（雁書館　一九八七年刊）
佐伯裕子『齋藤史の歌』（雁書館　一九九八年刊）

河野裕子『齋藤史』（本阿弥書店　二〇〇四年刊）
『わが歌の秘密』（村永大和編　不識書院　一九七九年刊）
ミルチャ・エリアーデ『聖と俗』（風間敏夫訳　法政大学出版局　二〇〇二年刊）
「八雲」全十四冊（八雲書店　一九四六年〜四八年刊）
「灰皿」（「灰皿」発行所　一九五七年八月創刊号）
「葛原妙子論集」（現代短歌を読む会編　二〇一五年刊）
『齋藤史講話集』（原型歌人会　二〇一二年刊）
『日本古典文学大系　古事記』（岩波書店　一九六三年刊）
『日本古典文学大系　風土記』（岩波書店　一九六三年刊）
『日本古典文学大系　万葉集』（岩波書店　一九六三年刊）
『日本古典文学大系　古今和歌集』（岩波書店　一九六三年刊）
前登志夫『林中鳥語』（ながらみ書房　二〇〇九年刊）
村上一郎『撃攘』（思潮社　一九七一年刊）
村上一郎『歌のこころ』（冬樹社　一九七六年刊）
「無名鬼」全二十一冊（「無名鬼」発行所　一九六四年〜七五年刊）
『新潮日本文学辞典』（新潮社　一九八八年刊）
高橋正衛『二・二六事件　「昭和維新」の思想と行動』（中央公論新社　二〇〇〇年刊）
池田俊彦『生きている二・二六』（筑摩書房　二〇〇九年刊）
「歴史と人物」（中央公論社　一九八一年二月号）
桶谷秀昭『昭和精神史』（文藝春秋　一九九六年刊）

松岡正剛『花鳥風月の科学』(淡交社　一九九四年刊)
ダイアン・アッカーマン『感覚の博物誌』(岩崎徹・原田大介訳　河出書房新社　一九九六年刊)
松田修『蔭の文化史』(集英社　一九七六年刊)
谷川健一『青銅の神の足跡』(集英社　一九七九年刊)
橘外男『橘外男ワンダーランド　怪談・心霊篇』(中央書院　一九九六年刊)
吉岡幸雄『日本の色辞典』(紫紅社　二〇〇一年刊)
『イタリア文化事典』(丸善出版　二〇一一年刊)
ルカ・コルフェライ『図説　ヴェネツィア「水の都」歴史散歩』(中山悦子訳　河出書房新社　二〇〇一年刊)
『ヴェネツィア史』(仙北谷茅戸訳　白水社　二〇〇〇年刊)
佐藤達生『図説　西洋建築の歴史　美と空間の系譜』(河出書房新社　二〇〇五年刊)
佐藤達生、木俣元一『図説　大聖堂物語　ゴシックの建築と美術』(河出書房新社　二〇一一年刊)
中島智章『図説　キリスト教会建築の歴史』(河出書房新社　二〇一二年刊)
山田圭一『ゴシックの大聖堂　ある精神の遍歴』(クレオ　二〇〇六年刊)
吉田鋼市『西洋建築史』(森北出版　二〇〇七年刊)
ジョナサン・グランシー『建築』(村上能成訳　新樹社　二〇〇七年刊)
『スペイン文化事典』(丸善　二〇一一年刊)
『中央ユーラシアを知る事典』(平凡社　二〇〇五年刊)
『世界美術大事典3』(小学館　一九八九年刊)
『「世界の名画」隠されたミステリー』(PHP研究所　二〇〇八年刊)

松浦弘明『イタリア・ルネサンス美術館』（東京堂出版　二〇一一年刊）
須永朝彦『ルートヴィヒII世――白鳥王の夢と真実』（新書館　一九九五年刊）
太田静六『ヨーロッパの古城　城郭の発達とフランスの城』（吉川弘文館　一九八九年刊）
『聖書と神話の象徴図鑑』（ナツメ社　二〇一一年刊）
デービッド・カーター『蝶と蛾の写真図鑑』（日本ヴォーグ社　一九九六年刊）
『日本地誌　第2巻北海道』（二宮書店　一九七九年刊）
『角川日本地名大辞典　1北海道』（角川書店　一九八七年刊）
『朝日新聞縮刷版』（一九六六年二月五日）（朝日新聞社　一九九一年刊）
『映画大全集』（メタモル出版　一九九八年刊）
「キネマ旬報」（キネマ旬報社　一九五八年七月下旬号）
「キネマ旬報」（キネマ旬報社　一九五八年八月上旬号）
吉野裕子『蛇――日本の蛇信仰』（講談社　二〇〇三年刊）
吉田司『カラスと髑髏　世界史の「闇」のとびらを開く』（東海教育研究所　二〇一一年刊）
「國文學」（學燈社　二〇〇九年二月臨時増刊号）
樺山紘一『歴史のなかのからだ』（岩波書店　二〇〇八年刊）

著者略歴

寺島博子（てらじまひろこ）

1962年　宇都宮市生まれ
歌集『未生』『白を着る』『王のテラス』『一心の青』
評論集『齋藤史の歌百首　額という聖域』
「朔日」短歌会　編集委員
現代歌人協会会員

現住所　〒321-0984　栃木県宇都宮市御幸町149-15

葛原妙子と齋藤史　『朱霊』と『ひたくれなゐ』

2017年３月25日　初版発行
2017年６月19日　２刷発行

著　者——寺 島 博 子

発行者——宇田川寛之

発行所——六花書林
〒170-0005
東京都豊島区南大塚３－44－４　開発社内
電 話 03-5949-6307
FAX 03-3983-7678

発売——開発社
〒170-0005
東京都豊島区南大塚３－44－４
電 話 03-3983-6052
FAX 03-3983-7678

印刷——相良整版印刷

製本——仲佐製本

定価はカバーに表示してあります
ISBN978-4-907891-38-1 C0095